Ullstein

DIE AUTORIN:

Christine Brückner, 1921 in einem waldeckischen Pfarrhaus geboren. Abitur, Kriegseinsatz, Studium. Häufiger Berufs- und Ortswechsel. 1954 erhielt sie für ihren ersten Roman einen ersten Preis, seither ist sie eine hauptberufliche Schriftstellerin und lebt heute, verheiratet mit Otto Heinrich Kühner, in Kassel. Von 1980–1984 war sie Vizepräsidentin des deutschen PEN; 1982 wurde sie mit der Goethe-Plakette des Landes Hessen ausgezeichnet, 1990 mit dem Hessischen Verdienstorden. Sie ist Ehrenbürgerin der Stadt Kassel. 1984 stiftete sie, zusammen mit Otto Heinrich Kühner, den »Kasseler Literaturpreis für grotesken Humor«. Sie schreibt Romane, Erzählungen, Kommentare, Essays, Schauspiele, auch Jugend- und Bilderbücher.

Christine Brückner

Lieber alter Freund

Briefe

Ullstein

ein Ullstein Buch
Nr. 23478
im Verlag Ullstein GmbH,
Frankfurt/M – Berlin

Erweiterte Ausgabe

Umschlagentwurf:
Theodor Bayer-Eynck
unter Verwendung eines Bildes
von Otto Heinrich Kühner

Printed in Germany 1995
Gesamtherstellung:
Ebner Ulm
ISBN 3 548 23478 X

2. Auflage Juli 1995
Gedruckt auf alterungs-
beständigem Papier mit
chlorfrei gebleichtem Zellstoff

Von derselben Autorin
in der Reihe
der Ullstein Bücher:

Ehe die Spuren verwehen (22436)
Ein Frühling im Tessin (22557)
Die Zeit danach (40073)
Letztes Jahr auf Ischia (23561)
Der Kokon (Die Zeit der Leoniden) (22887)
Wie Sommer und Winter (22857)
Das glückliche Buch der a. p. (22835)
Die Mädchen aus meiner Klasse (22569)
Überlebensgeschichten (22463)
Jauche und Levkojen (20077)
Nirgendwo ist Poenichen (20181)
Das eine sein, das andere lieben (20379)
Mein schwarzes Sofa (20500)
Lachen, um nicht zu weinen (20563)
Die Quints (20951)
Hat der Mensch Wurzeln? (20979)
Kleine Spiele für große Leute (22334)
Alexander der Kleine (22406)
Die letzte Strophe (22635)
Was ist schon ein Jahr (23258)
Die Stunde des Rebhuhns (23102)

Zusammen mit Otto Heinrich Kühner:

Erfahren und erwandert (20195)
Deine Bilder – Meine Worte (22257)

Die Deutsche Bibliothek –
CIP-Einheitsaufnahme

Brückner, Christine:
Lieber alter Freund : Briefe / Christine
Brückner. – Erw. Ausg., 2. Aufl. –
Frankfurt/M ; Berlin : Ullstein, 1995
(Ullstein-Buch ; Nr. 23478)
ISBN 3-548-23478-X
NE: GT

Inhalt

Es sollte ein Sommerbrief werden . . .

Liebe Namensschwester Krystyna!
Heute morgen habe ich, wie immer, in der Zeitung den Wetterbericht gelesen: »Warschau bewölkt, 17 Grad«. Dabei ist es der 21. August! Während ich die erste Tasse Tee trinke, schicke ich bereits rasche erste Gedanken an die Freunde; meist weiß ich, wo sie sich zur Zeit aufhalten. Viele machen jetzt Ferien, sind in der Türkei, sind in Spanien, neuerdings sind viele auf Rügen. Von Dir weiß ich, daß Du in Warschau bleiben mußt. Aber wenn ich »heiter« lese und »25 Grad«, dann stelle ich mir vor, daß Dein Rollstuhl auf der Terrasse steht und Du in den blühenden duftenden Garten blickst.

Als wir uns noch wenig kannten, hast Du mir ein Foto dieses schönen ländlichen Hauses geschickt, das umsponnen ist von wildem Wein und blühenden Stockrosen. Romantik und Atmosphäre, aber Bequemlichkeit, die Du so nötig brauchtest, scheint es nicht zu haben. Du erwähnst das nicht. Du hast in Jahrzehnten gelernt, mit den Kräften, die Dir geblieben sind, auszukommen, und dabei den Verstand und das Gedächtnis geschult. Du erteilst Unterricht in mehreren Sprachen und: Du pflegst Freundschaften, die, wie in meinem Falle, Brieffreundschaften sind. Von Brief zu Brief sind wir uns nähergekommen; Freundschaft ist entstanden, sogar etwas wie Zugehörigkeit: die gleiche Generation, das gleiche Geschlecht und der inständige Wunsch, einander gute Nachbarn zu sein, eine Polin und eine Deutsche. Manchmal denke ich, wir wären Schwestern, Wahlschwestern, wobei ich die glücklichere bin. Das wissen wir beide. Im Anfang hast Du oft geschrieben: Besuchen Sie mich, Christine, mit dem Flugzeug ist es nicht weit! Aber ich vermeide Flüge, ich kann und will meinen Mann nicht verlassen, auch nicht für wenige Tage, daß weißt Du inzwischen und respektierst es. Hin und wieder tauschen wir Fotos. Deinen Mann kenne ich vom Bildschirm, er hat einige meiner »Ungehaltenen Reden« kommentiert, die Du ins Polnische übersetzt hast und die eine Schauspielerin aus Warschau vorzüglich gespielt hat. Es war wichtig für unsere Freundschaft, daß sie auch in Zusammenarbeit bestand, aber die Rezepte für Rosenkonfitüre, die Du mir schicktest, die waren mir auch wichtig. Es ist eine Frauenfreundschaft!

Unsere Briefe sind lange unterwegs, aber nicht mehr so lange wie früher; sie werden nicht mehr zensiert. Den ersten Brief habe ich an Deinen Mann geschrieben, der ein politischer Häftling war, ein »writer in prison«. Es ist viel geschehen seither! Du bist ein politischer Mensch, in Polen scheint das fast selbstverständlich zu sein. Ihr seid auf andere Weise Polen, als wir Deutsche sind. Du hast das Datum gelesen? Der 21. August 1991 – Putsch in der UdSSR, Gorbatschow gestürzt. Panzer in Moskau. Ich reagiere nicht nur seelisch. Herzbeschwerden, Beklemmungen. Sprich mit Krystyna, dachte ich. Sie ist besonnener, sie gewinnt rascher einen Überblick, dabei seid Ihr in Polen soviel näher an den Geschehnissen. Weglaufen kannst Du nicht. Nach Osten hin habt Ihr die Russen als Nachbarn, vor denen Ihr Euch fürchten mußtet, im Westen die nun vereinigten alten und neuen deutschen Bundesländer, vor denen Ihr Euch nicht mehr fürchten sollt, aber vergessen und vergeben ist das Unheil, das wir über Euer Land gebracht haben, ja nicht. Und die Vertreibung der Deutschen aus den Ostgebieten ist ja auch nicht vergessen und nicht verschmerzt. Alles steigt nun wieder auf: 1953 Panzer in Berlin! 1956 Panzer in Budapest! 1968 Panzer in Prag!

Wie verschwindend klein werden andere Sorgen! Wochenlang wurde hier um eine Erhöhung der Mehrwertsteuer gefeilscht. Müßten wir Deutschen aus den reichen Bundesländern nicht mit viel größerer Hilfsbereitschaft reagieren? Jeder einzelne! Sei es in Thüringen oder Sachsen, in Rumänien, in Ungarn, im Baltikum. In Polen! Wir müßten doch Zeichen setzen, wozu die Bewohner einer freien Welt fähig sind. Wie oft habe ich schon über die Erziehung des Menschengeschlechtes geschrieben, in meinen Büchern, in meinen Briefen. Wir müssen lernen, freiwillig zu geben, bevor man es uns gesetzlich befiehlt. Was für eine Mißachtung des Bürgers! Warum traut man uns nichts zu? Dagegen wehre ich mich.

Ich wollte Dir einen Sommerbrief schreiben, Krystyna. Wir hatten schöne und lange Sommerwochen. Wir machten kleine Wanderungen durch Wiesentäler, Picknicks am Waldrand, wir gingen zum Baden, hatten Abendbesuch im Gärtchen. Unsere Göttin Hebe (sie stammt aus Rom, besteht aus Gips und Beton, aber wir lieben sie, und das verleiht ihr antike Schönheit) trägt abends eine Kerze auf der ausgestreckten Hand: ein Lichtblick in der dunklen Sommernacht.

Der Schrecken, der aus der UdSSR kam, hat den Sommer vertrieben, es ist trübe, kühl: beklemmend.

Wer wird Dir die Seiten meines Briefes umblättern? Hast Du freundliche Hilfe? Wem diktierst Du die Briefe? Kommt das Enkelkindchen manchmal zu Besuch? Ist es schon groß genug, daß Du ihm Geschichten erzählen kannst? Liedchen singen? Singst Du? Ich kenne ein einziges polnisches Kinderlied, vom Bären, den man nicht wecken darf. In meinem letzten Brief habe ich geschrieben, daß ich bereit sei, Dich für Wochen zu vertreten, damit Du Ferien machen könntest und Dinge tun, die Du seit Jahrzehnten nicht mehr tun kannst. Warum geht das nicht? Jeder Arzt, jeder Pfleger bekommt Ferien und freie Tage, nur die Kranken und Schwerkranken und Behinderten nicht. Es heißt, daß man kühler wird im Alter, weniger empfindsam, gleichgültiger gegenüber der Welt und gegenüber anderen Menschen. Bei mir ist das nicht der Fall. Bei Dir auch nicht! Wo bleibt mein Optimismus? Morgen will ich an einer Kundgebung vorm Rathaus teilnehmen. Es darf nicht nur bei Worten bleiben.

Du hast das kleine Gerät, das die Mücken vertreiben soll, bekommen? Hilft es? Ich kann Falter und Stechmükken mit einer Handbewegung verscheuchen. Du kannst es nicht.

Einige Deiner Briefe habe ich in mein neues Buch »Die Stunde des Rebhuhns« aufgenommen. Krystyna aus Warszawa. Sei umarmt! Sei behütet! »Que le bon Dieu fasse le reste« – das schreibe ich manchmal unter meine Briefe. Das meiste, nicht nur den Rest, müssen wir Gott überlassen. Laß mich Deine Freundin bleiben!

PS: Noch liegt der Brief auf dem Schreibtisch. Über dem Kommentar der Zeitung steht: »Der Kommunismus ist besiegt«.

Wir lassen uns zu rasch bange machen. Wie erleichtert sind wir nun alle. Gott sei Dank!

Der Sonntagsfreund

Es ist Sonntagmorgen, lieber Till.
Eben haben Sie angerufen, und nun schreibe ich Ihnen trotzdem noch einen Brief. Wir nennen Sie den »Sonntagsfreund«, weil Sie in schöner Regelmäßigkeit am Sonntag anrufen. In unserer besten und ruhigsten Arbeitszeit! Ein einziges Mal haben wir versucht, dieses lange Telefongespräch auf den Nachmittag zu verlegen, aber damit sind wir bei Ihnen nicht durchgekommen. Sie rufen – wir antworten. Wir respektieren Ihren Gesprächswunsch. Das eine Mal spricht mein Mann mit Ihnen, das andere Mal ich. Was schreibe ich da! Sie sprechen mit uns! Wir hören Ihnen zu, stellen kurze Zwischenfragen, und dann erzählen Sie weiter.

Heute kam Ihr Anruf aus der Klinik. Eine Augenoperation. Die Augen eines Malers, deren Sehkraft nicht mehr zum Kolorieren der kleinen Radierungen ausreichte. Grauer Star. »Ich sah immer nur Nasen und Augen«, berichteten Sie. Man hatte Ihnen einen Karton über den Kopf gestülpt, um das Sehfeld zu begrenzen. »Es beugten sich Engel über mich«, sagten Sie, »und als die Stimme des Professors erklang, da kam sie sehr von oben!«

Sie sind jünger als wir, wie viele Jahre, das weiß ich nicht, aber auch Sie haben noch am Krieg teilgenommen, da wird der Altersunterschied nicht groß sein. Vor einiger Zeit haben Sie gesagt, daß Sie nun ein Rentner seien, eine Rente bekämen und fortan nur noch tun würden, worauf Sie Lust hätten. Mir scheint, daß Sie immer noch große

Lust daran haben, Glasfenster für Kirchen im Rheinland zu entwerfen!

Sie rufen gut vorbereitet hier an, Sie haben eine Geschichte parat, von der Sie wissen, daß sie mich erfreut. Heute haben Sie mir von dem Hornisten erzählt, der beinahe Ihr Freund sei. »Der hat unterm Fenster der Klinik zwei Choräle geblasen!« – »Wie schön!« sagte ich, und Sie sagten: »Das galt nicht mir, das galt seiner Frau, sie hat einen Gehirntumor, aber nicht gutartig, sie liegt auch hier im Krankenhaus, mir hat er auch einen Besuch abgestattet. Wenn ich erst wieder sehen kann, blicke ich auf den Turm von St. Gereon, und dahinter fließt der Rhein, und noch ein Stück weiter liegt Holweide.« Dort sind Sie zu Hause.

Ihre »Kleine Allee« gehört zu meinen Lieblingsbildern, eine kolorierte Radierung. Seit Jahrzehnten schicken Sie den Freunden zum Weihnachtsfest ein Weihnachtsbild. Sie beschränken sich nicht auf den überlieferten Esel, den wohlbekannten Ochsen, mal findet sich ein Kätzchen an der Krippe ein, mal reiten die Heiligen Drei Könige auf einem weißen Elefanten gen Bethlehem; Joseph unter den prallen Trauben eines Weinstocks, die Ziehharmonika spielend für Maria und das Jesuskind. Es sind fröhliche Weihnachtsbilder. Kleine sorgsame Radierungen, handkoloriert eine jede. Manchmal verwenden Sie viel Gold, manchmal wenig. Waren es dann goldene oder magere Jahre?

Nichts ist lebensgroß in Ihrer Kunst. So kommt es mir vor. Übergroß die Glasfenster, klein wie Miniaturen Ihre Radierungen. Sie verändern die Welt nach Gutdünken, legen eigene Maßstäbe an. Sie leben anders als alle anderen Menschen, die ich kenne. Mit der Welt sind Sie nur durch den Rundfunk verbunden, ein altes Gerät, von ihm beziehen Sie Ihre Kenntnisse. Am Sonntagmorgen einige Telefonate. Das Haus verlassen Sie nur, um in den verwilderten Garten zu gehen; selten nur holt Sie jemand mit dem Auto ab, wenn ein Projekt an Ort und Stelle besprochen werden muß. Immer wieder bin ich überrascht, daß Sie so gar nicht welt-fern wirken. Sie kommen mit wenig Zutaten aus, umgeben sich mit Heiligen und mit Engeln. Ein Sprachkenner würde hören, daß Sie aus Böhmen stammen, aber es mischen sich nun auch rheinische Töne darunter, Kölner Platt. Bei den Sonntagmorgengesprächen habe ich Mühe, auch nur ein paar Sätze über unser Ergehen loszuwerden. Wenn ich Ihnen ein neues Buch schicke, blättern Sie vielleicht ein wenig darin, lesen werden Sie es nicht, was mich in Ihrem Falle auch nicht kränkt.

Vor fast zwei Jahrzehnten habe ich Ihre »Überlebensgeschichte« geschrieben, sie trägt den Titel »Ein Fest für die Augen«, was nach Ihrer Ansicht jedes Bild sein sollte: ein Fest für die Augen. Viele jener Überlebensgeschichten stimmen heute nicht mehr, da ist jemand gestorben, da hat eine Witwe wieder geheiratet, da ist ein landwirtschaftlicher Betrieb doch noch eingegangen. Ihre Geschichte stimmt noch, in Ihrem Leben hat sich wenig verändert, weiterhin spielt die Kunst die Hauptrolle. Eine Frau, die sich mit der Nebenrolle zufriedengegeben hätte, fand sich nicht. Haben Sie überhaupt danach Ausschau gehalten? Jetzt sind Sie ein altgewordener Single. Ein Hagestolz. Wie sollte man Ihren Familienstand nennen? Sie sind alleinstehend. Sie waren der einzige Sohn der Eltern, und die Eltern waren Flüchtlinge aus Böhmen. Jetzt, wo ich diesen Satz schreibe, fällt mir auf, daß so viele unserer

Freunde Flüchtlinge sind. Menschen mit Schicksalen, daran wird es liegen, interessante Lebensläufe. Der Vater ein Lehrer und talentierter Zeichner, die Mutter fleißig und sparsam. Ihr Talent wurde gefördert. Ohne Unterstützung der Eltern hätte das Haus am Rand von Köln nicht gebaut werden können, auch nicht das große Atelier. Und nach dem Tod des Vaters bekam die Mutter ebenfalls eine Rente, und Sie trugen die Sohnesschuld ab, so haben Sie das einmal genannt. Eine Tochter hätte nicht geduldiger pflegen können. Die Mutter ist sehr alt geworden, auch zu alt. Sie haben sie angezogen, gefüttert, sich neben sie aufs Bett gelegt, damit sie ruhig wurde. Erst wenn sie endlich eingeschlafen war, gingen Sie in Ihr Atelier. Einmal haben Sie zu mir gesagt: »So nimmt Gott sie noch nicht«, da habe ich mir mein Teil gedacht. Warum wurde diese alte Frau am Ende des fleißigen und gehorsamen Lebens so unruhig und manchmal wohl auch böse?

Und jetzt? Und wie wird es weitergehen? Manchmal kommt jemand und hilft bei der Gartenarbeit; es bringt Ihnen jemand das Haus in Ordnung; ins Atelier lassen Sie keinen. Manchmal besucht Sie eine alte Freundin, die stellt dann viele böhmische Klöße her und friert sie ein; bringt sich in Erinnerung, wenn Sie sonntags einen Braten herstellen. Von Kalbsnierenbraten und von Lammbraten erfahre ich am Telefon und im selben Atemzug von den Schwierigkeiten und den Freuden, die Ihnen die heilige Barbara, eine der vierzehn Nothelferinnen, bereitet. Soll sie den Kelch auf der flachen ausgestreckten Hand tragen oder ihn doch so halten, als ob man daraus trinken wollte? Ich habe vergessen zu fragen, wie groß diese heilige Barbara sein wird.

Ach, lieber Sonntagsfreund! Rufen Sie uns weiterhin

am hellen Vormittag an und stören Sie uns! Ihr Anruf gehört zu den Ritualen unserer Sonntage, aber nun muß ich Sie doch bitten: Lesen Sie meinen Brief, damit Sie erfahren, was ich von Ihnen halte. Das neue Buch schicke ich Ihnen trotzdem! Neben die Widmung werde ich die Seitenzahlen schreiben; ein paar Sätze über den Malerfreund finden sich auch in diesem Buch. Nebenan im Zimmer schreibt Kühner, den Sie »Pummerer« nennen, ich will ihn jetzt nicht stören, aber ich bin sicher, daß er Sie so herzlich grüßt, wie ich es tue. Die Augen sind in Ordnung? Müssen Sie in Zukunft eine Brille tragen? Lassen Sie auch in Zukunft jedes Bild »ein Fest für die Augen« sein!

Das Lustprinzip

Liebe Nanna mit den drei »N«!
Morgen wollen wir nach Juist fahren, wo wir gern sind. Und was tut mein Fuß? Zunächst einmal tut er weh, so sehr, daß ich nicht auftreten kann. Aus heiterem Himmel, keine Verstauchung, vermutlich wieder eine Tücke meiner maladen Wirbelsäule. Was soll ich auf einer autofreien Nordseeinsel, wenn ich nicht laufen kann? Ich lamentiere. Doch, gesalbt habe ich, und ein elastischer Verband gibt dem Gelenk Halt. Etwas Halt!

Am Schreibtisch stört der Fuß mich nicht, also schreibe ich Dir jetzt einen ausführlichen Brief, weil ich so froh bin, so von Herzen froh! Dein Mann war selbst am Telefon! Er ist bereits wieder zu Hause. Die Operation ist gut verlaufen. Ist es ein Vorzug, wenn man als ehemaliger Chefarzt in seiner alten Klinik operiert wird? Wenn man die Diagnosen selbst stellen kann?

Weitere Narben.

Wie lange ist es her, daß Euch seine Gallenkoliken aus San Francisco vertrieben, kaum daß Ihr gelandet wart? Und dann gleich zurück und unters Messer. Damals Gallensteine. Diesmal Nierensteine. Darf man denn gar nicht mehr planen? Sollen wir etwa zu Hause mit einem gepackten Klinikköfferchen auf das nächste Unheil warten? Man kann die Stärke des Windes messen, Windstärke 7; die Stärke eines Pferdes in PS. Warum kann man nicht auch die Stärke eines Menschen messen? Wie groß könnte oder müßte sie sein? Körperlich, geistig. Wieviel an Anstrengung ist von uns zu erwarten?

Ich habe hier eine Bekannte; sie macht sämtliche Reisen

mit, die ihr Seniorenheim veranstaltet. »Sterben kann ich auch mit dem Montblanc vor Augen«, sagt sie, »vielleicht sogar angenehmer.« Könnte man sich eine solche Einstellung zu eigen machen? Du nicht? Ich auch nicht!

Gestern abend saßen wir mit einem Gast zusammen; wir hatten auf der Terrasse zu Abend gegessen, Euren »Mundelsheimer Käsberg« getrunken und über Gott und die Welt gesprochen, nimm das ganz wörtlich! Unser Gast schloß das Gespräch mit einem Satz ab, der mich noch immer beschäftigt. »Bevor ich mir meinen eigenen Tod vorstelle, stelle ich mir doch lieber den Weltuntergang vor«, sagte er. Wir lachten, wie er es erwartete, aber ich vermute, daß es ihm ernst war, halbernst zumindest. Ganz fremd ist mir dieser Gedanke nicht!

Das Telefon klingelte, ich wurde unterbrochen. Der Verleger rief an und berichtete, daß er in der Schweiz war, wo seine Söhne leben, wo es die geliebte Enkeltochter mit Namen Laura gibt. Morgens erscheint die Fünfjährige an seinem Bett und sagt: »Großvater! Spielst du mit mir Schwarzer Peter?« Um sieben Uhr! Ich habe mich erkundigt, ob er es getan hat und ob er überhaupt Schwarzer Peter spielen kann. Er sagte: »Ich tue alles, was Laura von mir wünscht. Sie kennen Laura nicht!« Siehst Du, liebe Nanna mit den drei »N«, das habe ich nie kennengelernt: Enkelkinder, die früh um sieben mit mir im Bett Schwarzer Peter spielen möchten. Kinderlosigkeit war nie oder nur sehr selten ein Problem für mich, anders ist es mit Enkelkindern, jetzt, wo ich einen größeren Lebensüberblick habe, Eigenheiten erkennen kann, vermutlich geduldiger wäre, allerdings auch nicht sehr strapazierbar. Doch: ich sehe es leidlich nüchtern! Mein Mann hat mich ja zum Stiefgroßmütterchen zweier Buben gemacht, sie leben allerdings weit weg. Neulich hatten wir ein Familientreffen, da sah ich sie wieder. Wir machten einen Waldspaziergang, wobei der Jüngste, der hellblond ist, blauäugig, anmutig, sich Farn und Schachtelhalm pflückte, sich schmückte und wie ein Waldprinz aussah, er hätte in einem Sommernachtstraum mitspielen können. Ein angeborenes Bedürfnis nach Schönheit.

Eine Gelegenheit zum Spielen oder Vorlesen ergab sich nicht, meine Großmutter-Talente wurden nicht erprobt.

Spielen! Andere Frauen meines Alters spielen Bridge, nehmen Lernstrapazen auf sich, besuchen Volkshochschulkurse, lassen sich entmutigen und fahren trotzdem zu Bridge-Festivals und Bridge-Turnieren: es steigere die Lernfähigkeit, trainiere das Gedächtnis, schaffe Kontakte. Ich bin bereit, das zu bewundern, aber nicht bereit mitzumachen. Ich will spielen, ich will mich dabei entspannen, heitere Gespräche müssen erlaubt sein. Schach –? Ja, aber nicht mit ernsthaften Spielern! Dann doch lieber in einem Kurpark, wo man einmeterhohe Pferde und Springer hin und her trägt, die Ratschläge der Zuschauer befolgt oder nicht befolgt. Ach, und dann Boccia! In einem verregneten Sommer haben wir auf Bornholm unter tropfenden Kiefern mit den schwedischen Freunden Boccia gespielt. Die Kugeln nahmen bei jeder Baumwurzel einen unerwarteten Kurs. Gab es Sieger –? Verlierer –? Wenn der Regen sich verstärkte, gingen wir ins Haus, machten Feuer im Kamin, entkorkten eine Rotweinflasche und spielten UNO. Kennt Ihr UNO? Ein Kinderspiel! Ein Spiel für Analphabeten, voller Überraschungen und Tücken, unmöglich, die Spielregeln brieflich zu erklären! Vor Memory muß ich mich hüten, da schlägt mich jede Vierjährige. Weder Bridge noch Memory, aber dazwischen dehnt sich ein weites Spielfeld.

Fragen wollte ich Dich, nach dem Anruf des Verlegers: Wann besuchen Euch die Enkelkinder? Geraten sie nach ihrem Großvater? Seid Ihr spielende Großeltern? In dieser Rolle kennen wir Euch nicht.

Und nun muß ich gleich an den Herd. Bei dieser Reihenfolge ist es geblieben. Zuerst der Schreibtisch! Aber mittags wechsle ich gern zum Herd. Ohne Ehrgeiz, auch ohne Anstrengung, zumeist mit befriedigendem Erfolg. Große Anforderungen darf man nicht stellen, aber mit einem schön gedeckten Tisch kann man rechnen. Und auf den Salat werde ich zwei Blüten der Kresse werfen, das tut die Mutter dieses kleinen Waldprinzen, es sieht hübsch aus und: ist eßbar! Eine gute und friedliche Stunde, wenn wir beide miteinander bei Tisch sitzen und einvernehmlich schweigen, beide ermüdet. Gespräche sind selten, das Tischgebet wird nicht vergessen; mittags lese ich die Post vor, ich esse rasch, alles tue ich noch immer zu rasch. Wundert es Dich, wenn ich auch rasch ermüde?

Müßt Ihr der Galle und der Nieren wegen nun Diät leben?

Als mein Mann nach der letzten großen Operation, die im Gefolge noch ein Geschwür am Zwölffingerdarm hatte, aus der Klinik entlassen wurde, fragte ich unseren Hausarzt: »Wie soll ich ihn ernähren?« Und er sagte: »Nach dem Lustprinzip – so sollten Sie fortan leben, essen Sie, trinken Sie, worauf Sie Lust verspüren!« Diesen Ratschlag befolgen wir nun. Lust ist ja nicht das Gegenteil von Vernunft! Ich koche, was wir gern essen. Wir gehen spazieren, wenn wir Lust dazu haben. Wir hören Musik, wenn wir das Bedürfnis danach haben. Ich bügle Blusen und Hemden dann, wenn ich auf häusliche Tätigkeit Lust habe. Wir laden uns Gäste ein, wenn wir Lust auf Gäste haben. Wir versuchen, bisher mit gutem Erfolg, unser Leben von Zwängen zu befreien, damit wir nicht Freunde einladen müssen, ins Theater gehen müssen, weil wir Karten haben. Ich schreibe Briefe, wenn ich Lust darauf habe, so wie jetzt, diesen langen Brief an die Nanna mit den drei »N«. Ich tausche meine Erfahrungen mit Deinen Erfahrungen. Da ich nicht gern faul bin, bin ich meist tätig, aber doch mit Pausen. In diesem langen Sommer hatte ich sehr oft Lust, im Schatten des Kirschbaums zu liegen, ein paar Bücher griffbereit im Gras. Lust darauf, kalten Tee zu trinken, Lust, für Freunde, die keinen Garten haben, ein südliches Abendbrot zuzubereiten. Damit will ich sagen: Hoffentlich könnt Ihr ebenfalls nach diesem Lust-Prinzip leben!

Du gehörst zu meinen erschriebenen Freunden. Eine Leserin. Immer tun andere den ersten Schritt, die nächsten Schritte tue ich dann gern. Dir war, vor dieser ersten Begegnung mit der Autorin, sicherlich bange, aber Du kanntest mich ja bereits aus meinen Büchern. Mir war die Leserin mit dem schönen Namen Nanna ganz fremd, ich fragte an: Nanna mit drei »N«? Bei dieser Anrede ist es geblieben. Dann bangten wir beide, wie sich unsere Männer gefallen würden, und siehe da: Es zeigten sich Ähnlichkeiten, beide schweigsam, in sich gekehrt, von zarter Gesundheit, dem gleichen Jahrgang angehörend. Als wir Euch kennenlernten, hattet Ihr Euch bereits aufs Land zurückgezogen. Ich vermute, daß mir die Konsequenz, mit der Ihr den dritten Lebensabschnitt vorbereitet hattet, imponierte. Das Haus für zwei Personen war bereits gebaut, der Garten war angelegt. Und dann von einem Tag zum anderen ein neues Leben. Dein Mann war nun kein Klinikchef mehr. Ihr wurdet Dorfbewohner, lebtet zwischen den Weinbergen, oberhalb des Neckars, dort, wo er eine seiner schönsten Schleifen macht. Er hörte auf, ein Herr Professor zu sein, Du warst keine Frau Doktor. Man begegnet Euch mit Respekt, Ihr seid nun Nachbarn. Und gleich im ersten Herbst habt Ihr an der Weinlese teilgenommen. »Herbschten«, sagt man bei Euch dazu; die körperliche Arbeit in den steilen Wingerten wird Euch schwer geworden sein. Mitgearbeitet, mitgegessen, mitgetrunken. In Eurem Weinkeller liegen vornehmlich Weine, die in den nahen Wingerten gereift sind, gute Weine, wir haben sie schätzengelernt. Ihr bestellt den Obst- und Gemüsegarten, manchmal arbeitet Dein Mann noch an einer medizinischen Veröffentlichung. Ihr holt Reisen nach, aber das alles ganz ohne Unruhe. Ihr seid Musikhörer, Leser, Theaterbesucher.

Bei unserem letzten Besuch habt Ihr uns ein Kirchlein gezeigt; es steht auf einem Kirchhof und hat die schönsten romanischen Fresken. Zu viert haben wir uns die biblischen Geschichten von den Wänden vorgelesen und einander erklärt. Als wir dann wieder draußen standen, zwischen den Gräbern, und übers Land blickten, hast Du mich am Arm gefaßt und gefragt: »Ist dies nicht ein guter Platz für uns beide?« – Ja, Nanna, das ist ein guter Platz! Ihr wißt, wo es mit Euch enden soll. Von Deinem geliebten Vater ist keine letzte Ruhestätte übriggeblieben. Du stammst aus Schlesien, aber Du wurzelst nun doch schon lange in dieser schönen Gegend überm Neckar, und das Schwäbische hast Du Dir auch angewöhnt.

Der Herbst ist nahe. Hat der späte Frost im Mai der Weinblüte geschadet? Wird es nur einen kleinen, aber kostbaren Jahrgang geben? Diesmal werdet Ihr nicht »herbschten«, vielleicht ist es damit vorbei? Ihr werdet das hinnehmen. Ohne Lamento. Noch etwas anderes fällt mir ein. Wenn wir miteinander in einem der schwäbischen Gasthöfe eingekehrt sind und ein Viertele getrunken haben, hat Dein Mann sich immer einen Seniorenteller bestellt. Noch nie habe ich das getan! Eigentlich will ich noch gar keine Seniorin sein, obwohl die Portion meinem Appetit entspräche. Wenn man in der Bundesbahn meinen Seniorenausweis zu sehen wünscht, denke ich erfreut, daß der Bahnbeamte mich für jünger hält . . . Lachst Du? Lachst Du mich aus? Weißt Du, wenn ich Bücher schreibe, bin ich viel klüger als im Leben, oder sagen wir: etwas klüger!

Als ich vor wenigen Tagen die Büsche zurückschnitt, die unsere Terrasse begrenzen, kam eine Nachbarin dazu. Ich sagte: »Die Gäste haben gar keinen Platz, wenn der Feuerdorn sich immer breiter macht.« Sie sah mich nachdenklich an und sagte: »Jetzt ist Ihre Terrasse zu klein für die Besucher, aber eines Tages ist sie dann zu groß, wenn die Freunde sich davongemacht haben. Meinem Vater ging das so, er hatte immer viele Freunde, aber am Ende war er ganz allein.«

Noch ist Sommer! Noch macht es mir Freude, Gäste zu bewirten. Eines Tages wird es anders sein. Schrittweise wird sich unser Leben ändern. Wir wollen aber nicht den übernächsten vor dem nächsten Schritt tun. Sind wir uns da einig? Vor wenigen Tagen, als ich weit in unseren Badesee hinausgeschwommen war und danach wieder ans Ufer zurückkehrte, wo mein Mann bereits auf mich wartete, habe ich ihm zugerufen: »Wie alt bin ich eigentlich?« Darüber dürft Ihr beide lachen!

Grüß Deinen Mann. Es soll sich bald bessern, was noch besser werden kann und muß! Und dann kommt und bringt uns »Mundelsheimer Käsberg« und frische Walnüsse aus dem Garten und bleibt noch lange unsere Freunde!

Hilfs-Sätze

In Ihrem letzten Brief,
lieber R. H., steht: »Wenn die drei Bände (über Reims) am Ende dieses Jahres erscheinen, dann war das natürlich nur mit absoluter Askese möglich. Kein Theater. Als Ersatz Fernsehen, nach 23 Uhr, reproduziert und nur in Ausschnitten, oft barbarisch gekürzt, aber besser als gar nichts; im Jahr der Wiedervereinigung aber auch viel Politik, und das geht auch beim Essen oder danach, wenn man zum Produzieren sowieso zu müde ist. Um 22 Uhr werde ich aber wieder munter und morgens: um 7 Uhr.«

Wenn ich solche Sätze lese, denke ich: Er ist achtzig, schon ein wenig darüber!

Das alles soll doch wohl heißen: Es geht Ihnen gut? Ich vergleiche meinen Tageslauf und stehe da wie ein Faulpelz, andere halten mich aber eher für fleißig. Alles kommt eben auf die Maßstäbe an! Und da Sie genau das tun, was Ihnen wichtig ist und am Herzen liegt, werde ich mich hüten, Sie zu bedauern. Sie wollen Ihr Lebenswerk zu einem guten Ende bringen. Für einen Wissenschaftler sind alle Altersgrenzen aufgehoben. Ihr Lebenswerk heißt: die Kathedrale von Reims. – Auch mich muß man nicht bedauern! Ich schreibe gern, ich lese gern, ich koche ja auch gern. Hin und wieder lamentiere ich aber ein wenig. Da ich eine Nebenher-Hausfrau bin, höre ich beim Bügeln Radio, neulich mit großem Vergnügen »Cécile«. Kennen Sie den Roman von Fontane? Er wurde sehr gut gelesen. Das sind die glücklichen Zufälle. Im Umgang mit den Medien bin ich untalentiert, verlasse mich auf glückliche Zufälle statt auf ein ordentliches Rundfunkprogramm. Aber: Es gibt diese glücklichen Zufälle, darauf verlasse ich mich.

Lieber R. H.! Ich schreibe Ihnen nicht oft, aber ich schreibe Ihnen sehr gern. Was alles waren Sie für mich: der Chef, der Lehrer, der Freund, und alles das über viele Jahrzehnte hinweg. Was haben Sie riskiert, als Sie diese junge Person, die zwar ein Diplomexamen als Bibliothekarin vorweisen konnte, aber eben noch die Mensa in Marburg mehr schlecht als recht geleitet hatte, als Mitarbeiterin an das Forschungsinstitut für Kunstgeschichte engagierten? Was konnten Sie da erwarten? Gutwilligkeit, eine rasche Auffassungsgabe, mehr doch eigentlich nicht. Damals wußten auch Sie noch nicht, daß eine französische Kathedrale Ihr Leben bestimmen würde. Sie, ein junger Professor, wenige Jahre zuvor aus dem Krieg zurückgekehrt, Vater von vier kleinen Kindern. Ihre Frau war in jenen Jahren lebenstüchtig für zwei, und natürlich für die Kinder. Sie? Sie saßen im Institut und lehrten in diesen Hungerjahren die brotlose Kunst der Kunstgeschichte. Ich habe bei Ihnen gelernt zu studieren. Sie erwarteten immer mehr, als ich leisten konnte, und ich wollte Ihre Erwartungen doch nicht enttäuschen. Ihnen verdanke ich einige Lebensregeln. Richtige Hilfs-Sätze, die mir oft einfallen. Wissen Sie das eigentlich?

Ich merke, daß ich dabei bin, Ihnen einen Dankesbrief zu schreiben! Der erste dieser Lehr-Sätze, ich erinnere mich genau: Unsere Schreibtische standen sich gegenüber, meiner so groß wie der Ihre. Ich starrte gedankenverloren aus dem Fenster, spürte dann, daß Sie mich ansahen, und gab meinem Gesicht einen gedankenvollen Ausdruck. Sie sagten: »Sehen Sie doch nicht so bedeutend aus!« Wenn sich heute eine Kamera auf mich richtet, fällt mir dieser Satz manchmal ein. Nur nicht bedeutender scheinen, als man ist.

Und der zweite Lehr-Satz. Wer mit Kunst zu tun hatte, mit Büchern und Bildern, der erwarb auch auf dem Schwarzmarkt keine Reichtümer; wir schlugen uns durch. Ich hatte mir aus einem gefärbten Bettuch ein Kleid genäht, und meine Mutter hatte mir einen großen weißen Leinenkragen mit schöner waldeckischer Volkskunst gestickt, und so gekleidet, fuhr ich zur ersten Exkursion der Kunststudenten ins Rheinland. Auf diesen Exkursionen habe ich sehen gelernt. Später fuhren wir nach Frankreich zu den gotischen Kathedralen, den Loire-Schlössern! Zurück zu diesem weißen Kragen. Am dritten Tag der Reise habe ich ihn gewendet, er war links so akkurat gestickt wie rechts. Sie blickten auf den Kragen und sagten: »Sie treiben einen unerhörten Aufwand!« Mehr Komplimente über mein Äußeres habe ich sicher nie von Ihnen bekommen. Ein Leben lang ist es dabei geblieben: kein großer Aufwand, keine auffallenden Kleider.

Fünf Jahre lang habe ich als Assistentin bei Ihnen gearbeitet und durfte freizügig nebenher studieren, viel Geld gab es nicht.

Ein Professor, der sich nicht mit dem Titel anreden ließ, was damals noch üblich war. An unserer Tür stand ausdrücklich: »Nicht anklopfen.« Ihretwegen hätte man keine Studentenrevolte beginnen müssen. Sie gingen mit Ihren Studenten, Doktoranden und der Assistentin um wie mit Gleichberechtigten. Nach einem zweistündigen Kolleg fragten Sie mich einmal: »Wie war es?« Ich sah Sie an und sagte: »Zwischendurch habe ich darüber nachgedacht, was für einen Ausschnitt die Bluse bekommen soll, die ich mir gerade nähe. Jetzt weiß ich es.« Solche Antworten waren gestattet. Später blickten Sie nach einem Seminar oder einem Kolleg wohl mal fragend auf Schultern und Hals Ihrer Mitarbeiterin, und dann schüttelte ich den Kopf oder ich nickte. Was für eine leichte Verständigung war zwischen uns möglich! Ich erinnere mich, daß Sie einmal nach einem Ortsnamen suchten, es ging um ein Heiligenbild. »Der Name fängt mit ›L‹ an«, sagten Sie, und ich sagte: »Hameln.« Und es stimmte. Dann lachten wir, natürlich habe ich inzwischen Ort, Buchstaben, Heilige vergessen, wie das meiste, was ich bei Ihnen gelernt habe. Aber wenn wir uns alle paar Jahre einmal sehen und Sie, wie selbstverständlich, den Josephsmeister der Reimser Kathedrale erwähnen, dann dauert es nur Sekunden, und ich sehe die herrlichen gotischen Portalfiguren vor mir. Wird man sie vorm Zerfressenwerden durch Luftverschmutzung in Museen retten, oder werden sie, konserviert im Bildband Ihres großen Werkes über Reims, erhalten bleiben, für alle Zeiten? Kann und darf man Ausdrücke wie »für alle Zeiten« überhaupt verwenden?

Aus meinem Dank-Brief an Sie, lieber R. H., spricht Bewunderung. Ich habe in diesen langen Jahrzehnten, die wir uns nun kennen, nie aufgehört, Sie zu bewundern. Da Sie ein sehr bescheidener Mensch sind, von denen es unter den Wissenschaftlern nicht viele gibt, wird Ihnen das nicht recht sein. Ändern kann ich das nicht. Damit mein Brief nun nicht pathetisch ausklingt, was weder zu Ihnen noch zu mir passen würde, erkundige ich mich fürsorglich, ob das Rheuma Sie auch nicht zu sehr plagt? Ob Sie sich weiterhin, wenn auch weniger, im Garten betätigen? Und die Geige – was ist mit der Geige?

Vor Jahren haben Sie mir einen kleinen Kirschlorbeer mitgegeben, und er ist angegangen und muß nun mehrmals im Jahr gestutzt werden, weil er sich zu breit macht in unserem Gärtchen.

Heute ist es ein wenig kühl, da hat o. h. k., so nennen Sie meinen Mann, parallel zum c. b. und R. H. unserer Anrede, sich jene Schafwollweste übergezogen, die Ihre Frau ihm einmal gewebt hat. Wir nennen sie liebevoll »das McLeanchen«, nach dem zweiten, dem schottischen, Teil Ihres Namens. In meiner Freundschaft zu Ihnen ist auch noch das Lehrer/Schüler-Verhältnis enthalten, der Assistentin zu ihrem Chef. Das macht Sie nicht älter, aber mich macht es jünger! Es sind nicht mehr viele da, zu denen ich aufblicken könnte. Sie müssen sich dieses Aufblicken gefallen lassen, lieber R. H. Ich warte mit Freude, aber auch mit Geduld auf das Eintreffen Ihres großen Werkes über die Kathedrale von Reims und bin neugierig, was Sie mir auf die Widmungsseite schreiben werden. Es gibt viele schöne und geistreiche Eintragungen auf Sonderdrucken, die mir kostbar sind. Wie leicht ließ sich o. h. k. in unsere Freundschaft einfügen, wie rasch wurden Sie ein Freund seiner skurrilen Pummerer-Verse!

Es versteht sich, daß ich Ihnen meine Aufzeichnungen schicken werde, die nun bald erscheinen sollen. »Die Stunde des Rebhuhns«. Sie werden blättern und mein Buch Ihrer Frau hinlegen, sich aber das Umschlagbild, das von meinem Mann stammt, aufmerksam ansehen, und vermutlich werden Sie sagen: ein wenig Schmidt-Rottluff?

Und diesen Brief, den schicke ich nicht ab. Sonst würden Sie ihn vermutlich zensieren. Sie bekommen ihn erst zu lesen, wenn er im Buche steht. Ich bin und bleibe gern und hoffentlich noch für einige Zeit Ihre c. b.

Tu, was Du willst!

Hi, dear cousin!

In Deinem letzten Brief steht ein Satz, über den ich lange nachgedacht habe. Du schreibst: »Zum ersten Mal in meinem Leben kann ich nun tun, was ich will. Und das meiste will ich nicht.« Ist das wirklich so? Hast Du Dich immer nach anderen richten müssen und bist darüber mehr als siebzig Jahre alt geworden? Als Dein Mann vor einem Jahr starb, warst Du vor Kummer und Trauer verstört und verzweifelt. Ich war in Sorge um Dich. Wieder ist mir aufgefallen, daß der Ausdruck »Trauerjahr« stimmt. Früher trugen Frauen ein Jahr lang Trauer, zuerst Schwarz, dann Schwarz-Weiß: Halbtrauer. Das ist nicht mehr üblich, in den USA gewiß nicht. Dieses eine Jahr braucht man wohl für den endgültigen Abschied von dem Menschen, dem man gelobt hat, mit ihm zu leben, bis der Tod scheidet. Ich weiß nicht, ob es diese Trauformel in den Vereinigten Staaten gibt, ich weiß nicht einmal, ob Ihr kirchlich getraut wurdet. Dein Mann war sehr viel älter als Du, war verwitwet, und Du warst fast fünfzig Jahre alt.

Als Du mir bei Deinem letzten Deutschlandaufenthalt erzähltest, daß Du E. heiraten würdest, habe ich mich herzlich gefreut. Ihr paßtet gut zueinander, auch wenn dieser Mann kein Wort Deutsch verstand, was sich wohl auch nicht geändert hat. Du warst schon lange Jahre seine Mitarbeiterin und genauso lange die Freundin seiner Frau, die früh sterben mußte. Alle Vorzeichen für Eure Ehe waren günstig. Daß Du ihn eines Tages würdest pflegen müssen, war mir klar, Dir vermutlich auch. Und Du hast ihn gepflegt mit aller Dir zur Verfügung stehenden Geduld.

Ich erinnere mich: Als ich die große Amerikareise machte, war ich in dem Haus zu Gast, in dem Du nun allein lebst. Eine Terrasse mit dem Blick auf den Pazifik! Wir saßen unter Palmen. Ohne diesen Besuch bei Deinen Freunden hätte ich Deinen späteren Mann nicht kennengelernt. Während ich diesen Brief schreibe, habe ich noch einmal alles deutlich vor Augen, bis hin zum Zitronenbaum, an dem der Futternapf für die Kolibris hing. Damals sah ich die ersten schwirrenden Kolibris. Ich lernte viele Deiner Freunde kennen, »friends of my friends« nenne ich das. In Amerika zeigt man seine Freunde vor, je mehr Freunde, desto beliebter ist man. Damals wurde ich »Chris« genannt, Du sagtest »my cousin«, wir haben uns an diese Anrede gehalten, dear cousin.

Und wieder fällt mir der Satz ein: »Zum ersten Mal kann ich nun tun, was ich will.« Du mußtest Dich anpassen, das wird mir jetzt deutlich, mehr, als es Deinem Wesen entsprach. Damals lebtest Du noch mit Deinem Bruder zusammen. Mußtest Du Dich ihm anpassen? Die ersten mühsamen Jahre nach der Auswanderung aus dem Restdeutschland lagen hinter Euch. Es gab bereits ein hübsches Haus in der Redwoodstreet, in einem gepflegten Garten, und vorm Haus stand ein großer Wagen. Wenige Jahre nach dem Ende des Zweiten Weltkriegs hattet Ihr Euch entschlossen, nach Amerika auszuwandern. Euer Besitz lag im Osten, damals noch im Deutschen Osten. Du hattest den Treck geleitet, die Brüder waren in Rußland. Ein Rittergut in Hinterpommern! Später warst Du dann ein Flüchtling, der seinen Lebensunterhalt zum ersten Mal selbst verdienen mußte. Heimarbeit. Ich erinnere mich an das Mansardenzimmer, in dem Du Shorts und Anoraks für eine Kleiderfirma im Stücklohn gebügelt hast. Keine Berufsausbildung. Niemand hatte vermutet, daß die Tochter eines Rittergutsbesitzers einmal Geld verdienen müßte. Es gab im Park und in den großen Gärten so viel zu tun, wie man tun wollte. Und im Krieg hast Du dann die Gutssekretärin ersetzt, Du hast kutschiert, mit Pferden konntest Du umgehen.

Wenige Monate bevor die sowjetischen Truppen Pommern erreichten, ist Dein Vater, der mein Lieblingsonkel war, gestorben. Rechtzeitig. Doch, ich erinnere mich! Freiheit, mit der Du etwas hättest anfangen können, gab es nicht für Dich, auch nicht im Internat. Ihr wart nicht reich, auch wenn Ihr in einem Schloß wohntet. Du erhieltest ein knappes Taschengeld, das Du durch den Verkauf von selbstgepflücktem Beerenobst erhöhtest. Stunde um Stunde standen wir in den sonnenwarmen, duftenden Himbeerfeldern. Bist Du als junges Mädchen nie gereist? Ich machte bei Euch Ferien vom Krieg, wir badeten in den Seen, fuhren mit Fahrrädern auf den Sandwegen, ich ging mit zur Jagd.

Was hätte ein Großgrundbesitzer aus dem Osten »im Westen« tun können? Was hätte seinen Neigungen und seiner Ausbildung entsprochen? Was hättest Du tun können? Also seid Ihr ausgewandert.

Seither schreiben wir uns oft. Ich mag Deinen lakonischen Stil, die Art, wie Du die Welt siehst, nüchterner, als ich es tue. Einwanderer in ein reiches Land. Du wurdest eine »cleaning woman«, so nennt man das, es klingt freundlicher als das Wort Putzfrau, meint aber dasselbe. Nur: in Amerika gibt es weniger Vorurteile. Wichtig ist nicht, womit man anfängt. Wichtig ist, daß man es zu etwas bringt. Und das habt Ihr getan, rascher, als zu vermuten war. Einmal hast Du mir geschrieben: Es gibt hier nichts, was ich mir für das Geld, das ich verdiene, kaufen könnte. Diesen Satz habe ich nicht vergessen, er paßt zu jenem Satz, über den ich noch immer nachdenke. Waschmaschine, Kühltruhe, solche Anschaffungen waren Dir nicht wirklich wichtig. Man merkt, daß wir aus der gleichen Familie stammen! Was wäre Dir wichtig gewesen? Ein Hund? Hundespaziergänge durch Felder, durch große Kornschläge? Ein eigenes Pferd, auf dem Du über eigene Felder hättest reiten können? Pommerscher Landregen? Ein Schneesturm? Landstraßen, von blühenden Apfelbäumen gesäumt? Nichts davon konnte man kaufen, auch nicht für US-Dollar. Du warst immer zurückhaltend mit Deinen Äußerungen über Dein wahres Befinden. Die permanente kalifornische Sonne gilt Dir nicht viel. Du schreibst so oft vom Regen, den Du Dir wünschst, wie ich von der Sonne, die ich mir wünsche. Das Trommeln des Regens auf Rhabarberblätter – ist es das? An eine Rückkehr nach Deutschland hast Du wohl nie gedacht, auch nicht jetzt, wo es ein geeintes Deutschland gibt. Es fehlen jene Länder im Osten, an denen Dir liegt. Auch darüber haben wir nie ein Wort verloren.

Und nun? Ich könnte mir nicht vorstellen, daß Du jemals zu den weißlockigen »girls« gehören würdest, Frauen, die alleinstehend sind, »retired«, und die sich nun um das soziale, gesellschaftliche, kulturelle Leben ihrer Stadt kümmern. Habe ich Dir trotzdem diesen Vorschlag gemacht? Weil ich denke, man müßte sich nützlich machen in irgendeiner Form? Und genau das willst Du nicht! Du wirst im Haus hantieren, Du wirst den Garten wässern, die Vogeltränken füllen. Du wirst selten etwas für Dich kochen. Kochen war Dir immer lästig, Du warst es nicht gewohnt; im Souterrain des Schlosses war die Mamsell zuständig. Du wirst viel lesen, deutschsprachig, englischsprachig, in unserer Familie liest man gern und liest viel. Du liebst Romane mehr als short stories, Du willst Dich für längere Zeit in einer Romanwelt eingewöhnen.

Jenes Rittergut in Hinterpommern hat mir als Vorbild für meine »Poenichen-Romane« gedient. Die ersten Kenntnisse, die ich besaß, verdanke ich Dir, Deiner Familie, den kurzen Ferienwochen, als ich Kriegseinsatz leisten mußte, in einem Flugzeugwerk und in einer Großküche. In Pommern war noch Frieden. Der Krieg ist spät, aber dann vernichtend über Euch hereingebrochen. Ich vermeide in meinen Briefen Worte wie »Krieg« und »Flucht«. Ich will Dich nicht aufstören. Du hast das verdrängt, Du hast Dich am Rande dieser kalifornischen Großstadt eingerichtet, finanziell ist Dein Leben gesichert. Euer Nachlaß wird jener Universität zugute kommen, an der Dein Mann studiert hat. Es scheint alles wohlgeordnet. Wirst Du noch einmal nach Deutschland kommen? Sehen wir uns wieder? In unserer Familie hat es immer Einzelgänger gegeben. Familienähnlichkeiten! Auf Fotos könnte man sie nicht entdecken, aber wenn Du über Schlafstörungen und über Rückenschmerzen klagst, dann weiß ich Bescheid.

Wir führen ein Gästebuch. Es hat die Form eines Fragebogens. Nicht jeder flüchtige Besucher darf sich eintragen, es ist Vertrauen und Freundschaft dazu nötig. Zwanzig Fragen sind zu beantworten. Der Gast darf auch einen Strich machen und die Antwort verweigern. Er kann ernsthaft antworten, aber auch witzig, ironisch. Immer ist die Antwort aufschlußreich. Unser gemeinsamer schwedischer Vetter hat die Frage, welches Buch er auf eine einsame Insel mitnehmen würde, mit »eine Bastelanleitung« beantwortet. Ich liebe dieses Gästebuch, lese oft darin, es ist so vieles darin gespeichert. Eine der letzten Fragen lautet: Wie möchten Sie sterben? Ein Professor der Geisteswissenschaften hat geantwortet: »In keinem Falle so!« Eine Freundin schrieb: »In Einverständnis und Frieden.« »Rasch« steht dort und manchmal »getrost«. Eine mir sehr vertraute Frau hat geschrieben: »Bevor mich keiner mehr vermißt.« Diese Antwort entspricht auch meinen eigenen Wünschen. Nichts werden wir über unseren Tod erfahren, aber das darf uns nicht hindern, darüber nachzudenken. Wer von uns beiden wird vom Tod des anderen unterrichtet werden? Vermutlich durch einen Anruf, nachdem der Zeitunterschied zwischen Hessen und Kalifornien berechnet wurde. Ein letztes Geleit wird es nicht geben. Wir täten gut daran, uns auf den Abschied vorzubereiten! Laß uns die Zeit, die uns für unsere Freundschaft bleibt, die doch mehr ist als nur Verwandtschaft, nutzen und treu und vertraut miteinander umgehen!

Der nächste Brief wird wieder kürzer sein und hoffentlich ein paar Sätze enthalten, die Dich erheitern. Bin ich Dir zu nahe getreten? Ich ziehe mich wieder zurück, dear cousin! Aber ich bleibe, solange es möglich ist, Deine Chris. Ich will diesen Satz akzeptieren: Tu, was Du tun willst; verweigere Dich, wenn man Anforderungen stellt.

Das Herz bekommt Narben

Ihr lieben alten Schweden.
Zum ersten Mal schreibe ich einen Tröste-Brief an Euch! Ich will ihn an Gerda richten, die betroffen ist, mit ihr bin ich blutsverwandt, wir hatten einen gemeinsamen Großvater, wir sind aber auch wahlverwandt. Als uns Birgers Nachricht erreichte: Gerda hat nachts, in den Wäldern Dalarnas, einen Herzinfarkt erlitten, da sind wir so sehr erschrocken. Wir konnten nicht einmal telefonisch nachfragen; Telefon gibt es nicht, nur eine Box am Gartenzaun, für rasche Nachfragen ungeeignet. Was für ein Krankentransport muß das gewesen sein!

Natürlich haben wir sofort gedacht: das Rauchen! Aber gesagt haben wir es nicht. Mit großer Besorgnis merkten wir, daß Ihr von Jahr zu Jahr mehr geraucht habt. Das war Euer einziger Fehler. Keine Preiserhöhung konnte Euch, die Ihr sonst so sparsam lebtet, abschrecken. Ihr rauchtet eine milde Sorte, mehr an Vernunft brachtet Ihr beide nicht auf. Und dann diese Quittung! Ihr habt sie beide bekommen; was den einen trifft, trifft den anderen ebenfalls, es ist bei Euch wie bei uns. Von Stund an habt Ihr beide das Rauchen aufgegeben. Du hast eine Kasse angelegt, in der Ihr nun das gesparte Geld sammelt. Erinnerst Du Dich an unseren gemeinsamen Besuch bei Freunden? Als Du, Zigaretten und Feuerzeug verschämt in der Hand, die Hausfrau, eine leidenschaftliche Nichtraucherin, fragtest, wo Du denn mal –? Und sie nahm an, Du suchtest das WC, und sie zeigte Dir die Tür – und dann sagtest Du: In Schweden gehen wir vor die Haustür! Was für ein Mißverständnis! Was für ein Gelächter!

Seid Ihr nun makellos? Nichts hat uns je an Euch gestört, nur das Rauchen.

Müssen wir Dich fortan schonen? Ihr seid beide jünger als wir, seid leistungsfähiger, sportlicher. In Schweden lebt man gesünder, ruhiger. Weite Hundespaziergänge, Radfahren, Gymnastik, Milchtrinken und ein Leben im Zusammenhalt einer großen intakten Familie. Kinder und Enkel. Und über Jahre hinweg keinerlei Katastrophen. Auch dies ist keine Katastrophe. Der zweite Anruf von Birger klang bereits beruhigender. In der Stockholmer Klinik hat man nach allen Regeln der ärztlichen Kunst untersucht: eine Operation ist nicht nötig, mit Medikamenten wird man die Herzkranzgefäße erweitern können. »Ich bekomme Nitroglyzerin!« sagtest Du am Telefon, so etwas wie Triumph in der Stimme. Und ich sagte: »Hüte Dich vor Explosionen! Aus Nitroglyzerin macht man Dynamit!« Du lachtest schon wieder, Dein anhaltendes und ansteckendes Lachen.

Gestern stand in Deinem Brief, daß Du zwei Stunden zu Fuß gegangen bist und Pilze gepflückt hast, einen ganzen Korb voll, Steinpilze und Pfifferlinge. Die Pilze wachsen sehr weit unten, wenn man 185 cm lang ist, wie Du es bist. Es wird mir schwindlig, wenn ich daran denke. Aber dann sitzt Du hinterm Haus, putzt und trocknest Pilze, und zu Weihnachten werden wir ein Säckchen voll köstlich duftender Pilze erhalten, wie in früheren Jahren. Die Tochter kommt, und die Freundinnen der Söhne kommen, sie machen das Haus sauber; aber vermutlich bringen sie Dir schon bald wieder die Buben, damit Du sie hütest. Und jetzt denke ich an Fafar, der Dich liebte und verwöhnte. Ich mag diese schwedische Anrede der Großeltern so gern! Wenn die Mutter der Mutter »Murmur« genannt wird und der Vater des Vaters »Fafar«. Schreibe ich das richtig? Als er verwitwet war, brachte er der geliebten Schwiegertochter Stachelbeeren aus seinem Garten, bereits abgepult. Er ist ganz still davongegangen, er hat mit geschlossenen Augen leise vor sich hingesummt, von fern her. So habt Ihr es uns erzählt. Ihr mußtet nicht trauern, sondern konntet ihn weiterlieben.

Und bald darauf wurde Deine Mutter krank, die Murmur, wie Eure Kinder sie nannten. Das Verhältnis Mutter/Tochter war nicht gut, daraus hast Du nie ein Hehl gemacht, so lange nicht, wie sie gesund war und Einfluß auf das Verhalten ihrer einzigen Tochter nehmen wollte. Als sie nicht mehr für sich selbst sorgen konnte und ein Pflegefall wurde, da waren Tochter und Schwiegersohn und auch die Enkel zur Stelle. Ihr habt es gut gemacht, nicht aus Pflicht! Es wurde zuallerletzt ein liebe-volles Verhältnis. Täglich seid Ihr in das Heim gegangen, oft mit der Gitarre, und habt für Murmur gesungen und für die anderen alten Menschen auch. Sie erkannte Euch nicht immer, ihr Geist war ein wenig verwirrt, aber sie wurde freundlicher, je schwächer sie wurde, und am Ende ist auch sie ganz sanft gestorben. Daran muß ich jetzt oft denken: Welche Veränderungen sind bis in den allerletzten Lebensabschnitt hinein möglich! Kann man erst dann einen Lebensweg wirklich erkennen, wenn er bis ans Ziel gelangt ist? In einem Roman habe ich einmal darüber reflektiert, ob die Art, wie wir zur Welt kommen, typisch ist für das spätere Leben, rasch und mühelos oder qualvoll und zögernd? Ist es beim Sterben dasselbe?

Bald wirst Du wieder zum Gymnastikkurs gehen. Das ist sicher wichtig und richtig. Wird alles wieder sein wie früher? Aber das Herz trägt nun eine Narbe. Ich wollte

Dir eigentlich meine Besorgnisse nicht mitteilen, aber verheimlichen will ich sie auch nicht. Du weißt ja, daß meine Mutter viele Jahre mit Angina pectoris leben mußte, zweimal im Jahr Strophantinkuren, »die Milch der alten Leute«, sagt man. Sie war so alt, wie ich es jetzt bin, aber was waren das für Zeiten! Krieg und Nachkrieg und Heimatlosigkeit und Fremdsein und Entbehrungen. Wann werde ich mich je so alt fühlen, wie ich wirklich bin? Wenn wir zu viert Ferien machten, habt Ihr beide uns immer verjüngt. Werden wir, vielleicht schon im nächsten Jahr, wieder Ferienwochen miteinander verbringen? Mit Zugeständnissen: ein Telefon müßte vorhanden sein, ein Krankenhaus in erreichbarer Entfernung, wir müßten die Sprache des Landes sprechen können –. Nicht nur Deinetwegen, auch unseretwegen. Sobald Du Dich wieder kräftiger fühlst, wollen wir vorsichtig Pläne machen. Freude und Vorfreude sind so wichtig!

Im nächsten Jahr hat auch Birgers Berufstätigkeit ein Ende. Du hast schon etwas früher mit Deinem Halbtagsjob aufgehört. Warst Du am Ende doch überanstrengt? In Schweden gilt die Frau eines Politikers, die vier Kinder aufzieht, ein großes Haus ohne Hilfe versorgt, als »Nur-Hausfrau« und nicht berufstätig. Diesen Makel hast Du in den letzten Jahren wettgemacht. Du hast Dich um die Ganztagsschüler gekümmert, um Mahlzeiten, Schularbeiten, Freizeit. Das war keine Nebentätigkeit. Dafür haben wir Dich bewundert und gelobt.

Laß mich Pläne machen, das tut auch mir wohl. Es waren keine leichten Jahre bei uns, das weißt Du. Wir haben aber doch versucht, die Zwischen-Zeiten leichtzunehmen und zu genießen. Könnten wir doch noch einmal so ein Haus wie das auf der Insel Hydra miteinander bewohnen! Oder über unsere Insel Palmisana gehen! Die dalmatinische Küste! Dort ist jetzt Krieg. Unsere Champagnerbucht wird man nicht zerstören können, und der Duft der sonnenwarmen Pinien kann doch nicht verwehen! Wir werden wieder im Halbschatten liegen, werden in den Felsbadewannen liegen, die das Meer mit Wasser füllt, das die Sonne erwärmt; ich werde uns Tintenfische braten, wir werden Retsina trinken, oder laß uns dalmatinischen Sekt trinken und Oliven essen! Und wenn es dämmrig wird, ruft der Kukuweia aus den dunklen Bäumen. Erinnerst Du Dich an den Kukuweia auf Hydra? Und dann wird Birger die Gitarre nehmen, und Du setzt Dich zu ihm, lehnst Dich an ihn, lehnst auch Deine Stimme an seine Stimme an, immer einen Viertelton später, was mir Eure Duette besonders lieb macht. Oder wollen wir noch einmal nach Bornholm fahren und unter den Kiefern Boccia spielen? Oder Rügen? Rügen kennt keiner von uns, aber damals, von Bornholm aus, wenn wir beim Mondlicht schwammen, dann rief ich: »Nach Rügen!« Damals ein unerreichbares Land und heute erreichbar. Nächstes Jahr auf Rügen!

Dieser Brief macht mich zuversichtlich. Was hat sich an Erinnerungen angesammelt, ich bin erfüllt von Dankbarkeit. Merkst Du das? Wie sich durch einen Brief Nähe herstellen läßt? Ich merke es beim Schreiben, Du beim Lesen, beim Wiederlesen. Ich denke, ich hätte auch solche Tage-Bücher führen sollen, wie Du es tust, seit Jahrzehnten. Kurze Eintragungen im Taschenkalender, täglich und unter allen Bedingungen. Das Wetter, das Verhalten der Kinder, das Weltgeschehen. Meine Großmutter väterlicherseits, die ich nicht gekannt habe, benutzte einen Wandkalender, auf den hat sie täglich die Zahl der Eier eingetragen, die die Hühner gelegt hatten, aber es stand dort auch: »Ärger mit Heinrich!« Die Kinder fürchteten diese Eintragungen, die jeder nachlesen konnte. Verteilst Du auch Zensuren? Steht da etwa: »Christine ist verstimmt«? Waren wir überhaupt jemals verstimmt, wenn wir zusammen waren? Ihr seid unsere Garantie für glückliche Ferien.

Inzwischen haben wir einen Spaziergang gemacht. Ihr kennt unseren Park. Unvermutet setzte Sturm ein, heftige Windböen, sie stürzten die kuglig gestutzten Lorbeerbäume vor der Orangerie um, rissen verdorrte Äste aus den alten Eichen. Wir suchten eine Allee, an deren Rändern jüngere Bäume wachsen. Ihr wißt, wie bange wir nach der zweiten Kopfoperation geworden sind. Was für eine Vorstellung: Ein Ast könnte seinen Kopf treffen! Die Baskenmütze ist eher ein optischer Schutz. Auch ich fühle mich, ganz wortwörtlich, angegriffen, attackiert. Als ich, wieder zu Hause, in den Spiegel sah, blickte mich ein angegriffenes Gesicht an. Früher liebte ich den Wind, je stürmischer, desto besser. Jetzt werde ich zum Liebhaber des Windschattens. In diesem warmen Sommer gab es Mittagsstunden, in denen ich mir den Liegestuhl in den Schatten des Kirschbaums gezogen habe. Änderungen des Verhaltens!

Wieviel lieber hätte ich Dir einen Krankenbesuch gemacht. Wir leben weit voneinander entfernt, Ihr nördlich von Stockholm und ich hier in Hessen. Dieser Brief ist ein Krankenbesuchs-Ersatz. Lies meine Dankbarkeit für diese schöne Freundschaft zu viert heraus! Ihr seid liebevoll, seid zärtlich, besitzt die Fähigkeit, Freude und Freundschaft zu zeigen. Lies aus meinem Brief auch die Gewißheit, daß sich Wünsche erfüllen. Wünsche –? Auch die Gebete! Unser Wahlsohn Gunther, der nun auch ein Literat wird, schickte mir zu einer Zeit, in der wir in großer Sorge lebten, ein Gedicht des Schweizers Kurt Marti. Ich weiß nicht, ob seine Gedichte ins Schwedische übersetzt wurden, weiß nicht einmal, ob Ihr Gedichte lest. Ihr singt ja lieber. In diesem Gedicht heißen die letzten Zeilen:

schweigen ist gut
beten ist besser
ich schreibe

So ist es bei mir, genau so. Oft ist für mich Schreiben soviel wie Beten.

Laß Dich umarmen, und natürlich umarme ich auch Birger! Eines Tages, eines glücklichen Tages schwimmen wir wieder miteinander in einer Sommerbucht und singen und tanzen den »Reigen seliger Geister«. Und dann werde ich sagen: Die Welt ist schön, und der Mensch ist gut! Und keiner soll mir dann widersprechen!

Ich habe Euch von Herzen lieb. Gute Besserung!

Jeder Satz ein Ausruf!

Lieber Freund aus Dramburg –
lassen wir es bei dieser Anrede? Es ist lange her, daß ich zum ersten Mal »lieber Herr aus Dramburg« geschrieben und hinzugefügt habe »polnisch Drawsko«. Ich erinnere mich, allerdings nur dunkel, an Ihren ersten Brief. Sie hatten meinen Roman »Jauche und Levkojen« gelesen, in dem der Name der kleinen pommerschen Stadt Dramburg mehrfach auftaucht. Dort stammen Sie her, noch nie hatten Sie die Worte »Kreisstadt Dramburg« in einem Roman gelesen. Sie schrieben einen enthusiastischen Brief an die Autorin, und schon bald planten Sie die Verfilmung meines Buches. Der Briefwechsel mit einem Mann vom Fernsehen begann.

Einige Ihrer Briefe sind ordnungsgemäß unter »TV« abgelegt. Was für eine kräftige Männer-Handschrift; als ob die Schreibmaschine und die Sekretärinnen noch nicht erfunden wären. Was für ein großzügiger Gebrauch von Ausrufungszeichen. Jeder Satz ein Ausruf! So trifft er mich, über das Rothaargebirge und über den Rhein hinweg. Was für eine Spontanität, was für eine Lebenskraft! Irgendwann haben Sie mir einmal geschrieben, daß Ihre Mutter Ihnen, als Sie noch sehr klein waren, »Die Uhr« vorgesungen habe. Löwe? Von wem ist der Text? Wieder und wieder wollten Sie als Kind diese Ballade hören. Später sangen Sie sie selbst und schickten mir eine Kassette. Als ich sie abhörte, erschrak ich, weil Ihre Stimme singend älter klingt als sprechend und Ihre Briefe so jung sind. Aber: was für eine schöne Beschäftigung zunächst für Sie und dann für alle, denen Sie diese Kassetten zukommen ließen. Welche Möglichkeiten der Kommunikation. Sie singen Ihre liebsten Lieder, erklären ein wenig, scheuen sich nicht, Ihre Gefühle zu zeigen. Manchmal geht ein Beben durch Ihre Stimme, und dann kann ich mir vorstellen, daß Sie Ihr Publikum weinen und lachen machten, vielleicht sogar mehr weinen –? Sie sind so einer, der weiß, wie wichtig es ist, daß Tränenschleusen behutsam geöffnet werden. Es staut sich soviel in uns an. Es ist doch eine der Aufgaben, die die Kunst zu erfüllen hat: den Stau der Gefühle zu lösen. Welche Komponisten bevorzugen Sie? Händel –? Da bin ich sicher. »Der Messias«! Johann Sebastian Bach –? Die h-Moll-Messe? Lieder von Hugo Wolf? Wagner! Auch Gustav Mahler? Ich stelle Vermutungen an, um mich Ihnen ein wenig zu nähern. Frage und Antwort wären mir zuwenig.

Wie klug Sie waren, als Sie beizeiten aufhörten, Programmdirektor beim Fernsehen zu sein! Bevor alle Energien und alle Kräfte verbraucht waren. Einmal haben Sie mir geschrieben: Ich singe mich den Rhein rauf und runter. Ich denke, daß es vor Weihnachten gewesen sein wird, das ist die große Zeit der Sänger. Sie haben die Oratorien von Bach und Schütz gesungen? Nie haben wir darüber gesprochen, aber es strömt Frömmigkeit aus Ihren Liedern.

Und dann die Hauskonzerte, bei denen Sie es an Belehrung der Gäste nicht fehlen lassen. Hat das inzwischen aufgehört? Einladungen haben mich nicht mehr erreicht. Werden Ihnen diese Veranstaltungen zu anstrengend? Können Sie nicht an allen Tagen mit der Spannkraft rechnen, die nötig ist, wenn man viel hergeben möchte? Können Sie Ihrer Frau die Gastlichkeit, die mit Arbeit verbunden ist, nicht zumuten? Wie alt sind Sie jetzt? Mein

Gedächtnis hat »Mitte Sechzig« gespeichert, aber wann hat es das getan? Vor fünf Jahren? Oder vor zehn Jahren? Jetzt werden Sie denken: Das klingt nach Valentin, nach Karl Valentin, der morgens auf seine Armbanduhr blickte und sich die Uhrzeit für den ganzen Tag merkte.

Irgendwann kam zum ersten Mal ein Rundbrief von Ihnen. Früher galten mir Rundbriefe nichts, wo man die Mitteilungen mit anderen teilen sollte, jetzt scheint mir das klug zu sein: einen Brief sorgsam abzufassen, der den Kindern und den Enkelkindern und auch den Freunden gilt. Ich habe es dankbar empfunden, daß Sie die Autorin zu den Freunden zählten. Und immer habe ich gelacht, wenn Sie mit schwungvoller Schrift »Geliebte Dichterin!« über den Brief geschrieben hatten und darunter: »Ihr Freund aus Dramburg«.

Jahre sind vergangen, seit wir uns bei den Dreharbeiten der Fernsehserie kennengelernt haben. Sie sind ein Pommer, ein Heimatvertriebener. Sie haben viel verloren. Seit die Polenverträge nun wirklich vollzogen sind, ist dieses Hinterpommern endgültig polnisch. Über Ihre Gefühle weiß ich nichts. Ich vermute, daß Sie die schlimmen Folgen des Nazi-Reiches und des Krieges akzeptieren. Es war *unser* Krieg, der uns lebenslang gezeichnet hat. Sie werden, so wie ich es auch tue, hoffen, daß dieses Pommern wieder ein Land wird, in dem keiner hungern muß, in dem Menschen glücklich sind und sich zu Hause fühlen. Sie erinnern sich, daß der alte Quindt aus Poenichen, der Held meines Romans, lange vor dem Zweiten Weltkrieg einmal gesagt hat: »Dem Land ist es egal, wer drübergeht, Hauptsache, es wird bestellt.« Wie alt war dieser Quindt, als er das sagte? Sechzig? Gewiß nicht älter, aber er hatte einen weiten Blick, er dachte großräumig, und das tun Sie wohl auch. Man muß sich hüten, in zu kleinen Dimensionen zu denken. Es ist die alte Frage, sie verstärkt sich aber, wenn man älter wird: Was ist wichtig? Für mich selbst. Für die Stadt, in der ich lebe. Für das Land, über dessen Regierung ich bei den Wahlen zu bestimmen habe. Wie komme ich ins reine? Mit denen, die ich liebe, mit denen, die mich bereits verlassen haben. Wohin verlassen? Wir müssen doch zusehen, daß wir uns Raum nach oben verschaffen. Erinnere ich mich recht: Es gibt eine Kassette, auf der Sie singen »O Heiland, reiß die Himmel auf«. Dieser Choral gehört zu meinen liebsten Weihnachtsliedern, man kann sich auch singend den Himmel aufreißen.

Ich halte mich an das geschriebene Wort, aber Sie, Sie kommen von den Medien, von Funk und Fernsehen, Sie benutzen Kassetten und Tonbänder und Schallplatten, verbinden Worte und Musik und schaffen damit unmittelbare Nähe. Ich höre Ihre Stimme, Sie reden mich an, und gleich sehe ich Sie vor mir: diesen Kopf mit dem dichten grauen Haar. Ihre großen Gesten. Irgendwann waren Sie in diesem langen, wechselvollen Leben ja auch einmal ein Schauspieler.

Ich habe gesucht und noch einen weiteren Brief von Ihnen gefunden. Er stammt aus dem Jahr 1983, und da schreiben Sie: ». . . der 25. Mai, und es regnet und regnet, so daß mir ganz schwermütig würde, wenn der Garten und die Vögel, vor allem die Amsel, mich nicht davor bewahrten. Vorhin habe ich wieder Themen mit dem Amselmännchen, das wir Fränzchen nennen, ausgetauscht. Er gibt ein Thema vor, ich antworte möglichst genauso (er kann es aber besser!), er bleibt noch in der Tonart und Modulation – ich gehe einen Ganzton höher und wandele ab, er stutzt, dann nähert er sich zögernd meiner Tonart, ich wiederhole sie, er immer ähnlicher, so geht's weiter, bis wir fast gleich sind. Das ist phantastisch und hebt die Lebensfreude!«

Lieber Freund aus Dramburg! Das höre ich nun, das sehe ich nun vor mir, diese langsame Angleichung, die Versuche der Überredung, das Nachgeben, und dann denke ich: Dieser Vogel und dieser Mann, ist das nicht wie ein Gleichnis? Ist das nicht wie in einer Ehe? Mal gibt der eine den Ton an, mal der andere. Ist das Zusammenleben mit Ihrer Frau, die so viel jünger ist, ähnlich? Ein musikalisches Zusammenleben, auf Gleichklang gestimmt? Aber doch auch mit Pausen? In Ihrem Vogel-Brief steht auch noch: »Daß es meine Frau schon seit so vielen Jahren mit mir ausgehalten hat, ist das nicht ein Wunder?«

Auf mehreren Ansichtskarten, am selben Tag entstanden, schreiben Sie: »Bin ich versehentlich übriggeblieben? Wie viele Tote!« Damals waren Sie an der Ostsee, dem »Mare Balticum«, wo es aussah wie in der verlorenen Heimat. Die gefallenen Brüder und Vettern, der gefolterte, erschlagene und irgendwo verscharrte Vater. Die Mutter, die nach all dem Grauen am kranken Herzen starb. An jenem Tag zogen Sie eine düstere, eine trostlose Bilanz, da hielt nichts von dem stand, was Sie in vielen Berufen und vielen Positionen geleistet haben. Warum hätten Sie mir nicht auch diese Seite zeigen sollen? Mußte ich Sie nicht, mit mehr Kenntnis, um so mehr schätzen? Für das Vertrauen danke ich Ihnen heute noch einmal. Jetzt, wo wir alt werden, müssen wir da nicht freimütig sein und auch unsere Fehler und Schwächen vorzeigen? Bei Michelangelo habe ich gelesen: Wenn einem das Leben gefalle, so dürfe auch der Tod, der aus der Hand desselben

Meisters stamme, einem nicht mißfallen. Auch das wollen wir lernen – einer wird dem anderen dabei helfen. Sie haben lange nichts von Ihrer »geliebten Dichterin« gehört. Ich weiß nicht, wie es Ihnen zur Zeit geht. Ob Ihre Kräfte nachlassen? Ob Sie sich in Haus und Garten zurückgezogen haben? Zur Musik! Zu Büchern? Wird der Kreis der Freunde kleiner, gibt es auch bei Ihnen immer mehr Lükken?

Wie viele Lektionen im Abschiednehmen!

Ich mußte doch anfragen! Ich konnte nicht ohne Ihr Wissen einen Brief an Sie veröffentlichen. Sie haben reagiert, wie ich es erwartet habe, rasch und herzlich. Sie schickten einen Rundbrief, haben handschriftlich darübergesetzt: »Geliebte Dichterin!«, und als PS steht auf der Rückseite: »Bin entzückt und sehr geehrt und selbstverständlich einverstanden! Stehe mit nackter Brust zu Ihrer Verfügung!« Jeder Satz ist Ihnen ein Ausrufungszeichen wert. Über die nackte Brust habe ich gelacht. Entblößen müssen Sie sich nicht! In Ihrem Rundbrief steht: »Im letzten Abschnitt nicht vergessen zu sein – welch große Freude!« Auch in diesem Jahr werden Sie auf den »grünen Hügel« nach Bayreuth fahren. Reisen zu Wagner sind also weiterhin möglich. Da wirkt die Schlußbemerkung in Ihrem Brief fast schon erheiternd: »Sobald meine sehr umfangreiche und nur mit viel Tapferkeit zu ertragende Zahnarchitektur vorzeigbar ist . . .« Das mag für einen Mann, den die Natur großzügig mit männlicher Schönheit ausgestattet hat, nicht leicht sein! Wer Sie ein wenig kennt, liest, was sich hinter dem Wort »vorzeigbar« verbirgt. In einer Zeit, die eher nüchtern ist, fällt Pathos auf, gefällt mir Ihr Pathos. Auch das Schriftbild ist pathetisch, große Buchstaben, kleine Buchstaben, enge Zwischenräume, weite Zwischenräume, viele Gedankenstriche, weiterführende Punkte. Sie lassen den Lesern Ihrer Briefe Zeit und Platz fürs Weiterdenken. Als letztes steht da: »Ich küsse Euch – trotzdem – soweit erwünscht – oder ertragbar.«

Damals, bei den Dreharbeiten, wurden Fotos gemacht, auf denen Hauptdarsteller, Regisseure zu sehen sind, aber auch der Programmchef als Auftraggeber und auch die Autorin. Wenn ich die Bilder vorzeige, heißt die erste Frage: Wer ist dieser gutaussehende Mann mit dem grauen Haarschopf? Dann sage ich: »Das ist mein Freund aus Dramburg, jetzt Drawsko.«

Heute abend werde ich in unser kleines Musikkabinett gehen und nach Ihren Kassetten suchen. Dann werden Sie hier ganz lebendig sein. Vielleicht finde ich sogar »Die Uhr«? Dann werde ich denken: Wie spät ist es? Oder auch: Es wird immer später. Dieser letzte Satz steht in meiner schwarzen Kladde, ohne jeden Kommentar.

Verstehen wir uns noch, lieber Freund aus Dramburg? Ich bleibe gern noch eine Weile Ihre geliebte Dichterin.

Aus Träumen Pläne machen

Danke, liebe Leserin!
Sie haben mir die Erlaubnis erteilt, über Sie zu schreiben. »Verschreiben Sie mich«, steht, mit grüner Tinte geschrieben, in Ihrem Brief. Sie haben nichts dagegen einzuwenden, Sie klappen bereitwillig Ihr Lebensbuch auf.

Wenn ich durchs Altmühltal fahre und der Zug am Ortsschild vorüberfährt, denke ich jedesmal an Sie. Sie haben mir schon manches Mal von Ihren Freiheitsträumen geschrieben.

Sie sind der Meinung, die Jahrgänge 1930 bis 1940 seien eine besonders verletzte Generation, für die der Bruch von behüteter Kindheit zu Krieg, Flucht, Notjahren hart war. Es halten sich viele Jahrgänge für besonders hart betroffen. Aber ist es denn nicht so, daß diese harte Schule uns auch gekräftigt hat? Wir halten viel aus! Wir, die davongekommen sind. Manchmal erschreckt mich das sogar. Irgendwann habe ich einmal, im Zorn vermutlich, von den Frauen als den »Dulderinnen der Geschichte« geschrieben. Unsere Generation, ich rechne Sie dazu, obwohl Sie jünger sind, mag die letzte sein, auf die das Wort »Dulderin« zutrifft.

Frauen, ich glaube, daß es bei den meisten Frauen so ist, leben in der Vergangenheit. Sie sind eine Ausnahme, Sie leben auf die Zukunft zu, leben in der Erwartung, daß alles eines Tages besser werden wird, richtiger, erfüllter. Sie lassen sich nicht unterkriegen, und das gefällt mir. Deshalb beantworte ich Ihre Briefe, wenn auch oft nur kurz. Heute wird mein Brief länger und grundsätzlicher.

Das Zusammenleben mit Ihrem Mann ist von Jahr zu

Jahr mühsamer geworden, Sie haben mir das nicht verheimlicht. Ihr Mann will Sie unterkriegen? Sie sind ihm zu stark geworden, zu selbständig? Stimmt meine Beobachtung? Kinder und Frauen muß man kleinhalten, denkt er so? Übt er Macht aus? Die Söhne scheinen diese Machtausübung des Vaters auch nur schwer zu ertragen? Als Sie vor Jahren operiert werden mußten und das Ergebnis Krebs hieß und das Leben Sie kleinkriegen wollte, haben Sie es nicht zugelassen. Es gehört zum Überleben große Widerstandskraft nach meinen Erfahrungen und Beobachtungen, statistisch wird sich das nicht bestätigen lassen, nicht immer. Sie haben noch so viel vor! Ich wünsche Ihnen herzlich, daß Ihr Körper sich mit Ihnen verbündet und Ihnen einen langen dritten Lebensabschnitt ermöglicht! Die große Operation liegt Jahre zurück. Sie sind innerlich damit fertig geworden, haben die Scheu, über die Krankheit zu sprechen, überwunden und nennen sie beim Namen: Brustkrebs. Und weil Sie sahen, wie schwer andere Frauen damit fertig werden, haben Sie sich zu deren Sprecherin gemacht, haben einen Verein gegründet, eine Zeitschrift herausgegeben. Eine Lehrerin ist gewohnt, ihr Wissen weiterzugeben.

Seither regelmäßige Kontrolluntersuchungen. Ängste und immer wieder Hoffnung. Und immer wieder Pläne. Dieses Plänemachen halte ich für ein ganz starkes Lebensgefühl. Ich erinnere mich an die langen Monate während und nach den Operationen, die nicht mich, sondern meinen sehr geliebten Mann betrafen. Mein Teil war es, mitzuleiden, zu helfen, zu pflegen, oft verzagt, aber immer wieder hoffend. Die ganze Skala der Gefühle, die Sie kennen werden. Damals reichte meine Lebenskraft oft nur für den einen Tag, oft nur von Stunde zu Stunde, die bestanden werden mußte. Es dauerte Monate, bis wir den ersten zaghaften Plan riskierten, für den nächsten Tag, die nächste Woche. Jetzt sagen wir manchmal: »Nächstes Jahr auf Hiddensee!« So wie man sich zuruft: »Nächstes Jahr in Jerusalem!«

Vor längerer Zeit schrieben Sie mir: »Ich muß weg aus der Provinz, es wird mir zu eng hier, später werde ich nach München ziehen, mir eine kleine Wohnung einrichten, ich werde schreiben. Die Söhne sind mit der Berufsausbildung bald fertig, meine Ehe, das Haus, der Garten, die Schule, das hält mich hier nur noch so lange, wie es nötig ist.«

Einige Monate später schrieben Sie dann, daß Ihre Mutter, neunzigjährig, friedlich gestorben sei und den Wunsch geäußert habe, in der ostpreußischen Heimat beigesetzt zu werden. Sie seien entschlossen, diesen Wunsch zu erfüllen. »Die Urne wurde zwischengelagert« – ein Ausdruck, den ich noch nie gehört hatte. »Die Nische wird reserviert für die Antragstellerin.« Und gleich wucherten Ihre Pläne. Sie wollen, nach der vorzeitigen Pensionierung, in Königsberg Deutsch unterrichten! Sie wollen Menschen unterrichten, die diese Sprache wirklich erlernen wollen. Das hat mir imponiert!

Hier mußte ich abbrechen. Die Tischzeiten werden bei uns eingehalten. Ich gehe gern in die Küche, ich koche gern, esse gern, liebe Tischgespräche. In der Küche habe ich meine raschen Erfolge, diesen Satz haben Sie vermutlich schon einmal in einem meiner Bücher gelesen? Gestern waren wir mit einem Politiker zusammen; seine Frau ist ihm vor einem Jahr gestorben. Er machte die kühne Feststellung: Wer lesen kann, kann auch kochen. Wie oft er dazu Zeit findet, weiß ich allerdings nicht. Sie, liebe Leserin, habe ich in Verdacht, daß Sie die Freuden des Kochens und Essens, der Tischgespräche gar nicht kennen. Ihr Leben verläuft in anderem Rhythmus. Noch müssen Sie in die Schule gehen und Schüler unterrichten, die wenig Vergnügen daran finden, unterrichtet zu werden. Sie müssen nach Hause eilen, um für den zu kochen, der Ihnen das nicht dankt. Sie müssen Aufsätze korrigieren, den Unterricht vorbereiten, Haus und Garten versorgen, bis vor kurzem kümmerten Sie sich um die alte Mutter, was Ihnen leichtfiel, weil Sie diese »Ömi« liebhatten.

Immer wieder habe ich wahrgenommen, wie sehr Sie an der verlorenen Heimat hängen. Diese Sehnsucht muß durch Ihre Mutter genährt worden sein. Wie alt waren Sie, als Ihre Familie fliehen mußte? Übers Haff –? Wird Ihre Rente für ein solches Wagnis ausreichen? Haben Sie die erforderlichen Berufsjahre abgeleistet? Der Familie wegen hatten Sie doch immer nur eine halbe Stelle am Gymnasium.

Wenn Sie sich von dem ungeliebten Mann und der Stadt, in der Sie nicht heimisch werden konnten, trennen wollen, dann werde ich das akzeptieren. Alles wird darauf ankommen, was Sie aus dem letzten Drittel Ihres Lebens machen werden. Die großen Absichten rechtfertigen Ihr Vorhaben, so scheint es mir. Aber: Es steht mir nicht zu, zu beurteilen! In materiellen Dingen sind Sie nicht anspruchsvoll, wohl aber in menschlichen und in geistigen. Sie brauchen ein sinnvolles Leben. Sie wollen nicht einfach weitermachen. Ich versuche mir über Ihre Motive klarzuwerden. Sie wollen nicht einen bequemen Weg, sondern einen Weg, der ein Ziel hat. Das Überleben einer lebensgefährlichen Operation soll einen Sinn bekommen.

In jedem Brief unterbreiten Sie mir Pläne. Wahrscheinlich ist es dieses Plänemachen, das Sie so jung erscheinen läßt. Ich kenne Ihr wahres Alter nicht; unser »wahres Alter« ist mit dem biologischen nur selten identisch. Erwartet man eigentlich immer, daß ich mich freue, wenn man sagt: Sie sehen in Wirklichkeit viel jünger aus als auf den Fotos. Ist Jung-Aussehen das höchste Lob, das wir zu vergeben haben?

Gleich nach dem Ende der Sommerferien traf hier ein Zettel von Ihnen ein. »Total erschöpft kamen wir gestern aus Masuren zurück.« Ihre Söhne haben Sie auf diese Reise in die Vergangenheit begleitet. »Den Friedhof der Ahnen fanden wir total überwuchert in einem Wald, zwei Kilometer vom Geburtsort unserer ›Ömi‹ entfernt. Im Dorf lebt noch ein Deutscher, der sich aber nicht freundlich zeigte. Nun muß ich noch die Lage des Familiengrabes der Großeltern und der Urgroßeltern feststellen ... Ich wünschte, ich hätte nicht aufgehört, Russisch zu lernen, was wird mir in Königsberg ein großes Latinum nutzen? Ohne Russisch zu sprechen, werde ich in Kaliningrad nicht Deutsch unterrichten können. In Masuren nutzte die englische Sprache nicht viel, einige Menschen sprachen Deutsch, aber ungern.«

Den Bericht über diese Reise in die Vergangenheit haben Sie mit einem Satz über die Zukunft, die allernächste Zukunft, beendet: »Und morgen fahre ich wieder zur Kontrolluntersuchung.«

Die Phantasie schicken Sie in die Zukunft, gleichzeitig suchen Sie nach den Wurzeln; beides mildert vielleicht die akuten Besorgnisse. Und da steht ja auch noch der Satz: »Das erste Weihnachtsfest nach dem Tod der Mutter will ich mit meinen Söhnen in Königsberg verbringen.« Das eine Mal Kaliningrad, das andere Mal Königsberg. Immer wählen Sie unter den Hilfswörtern, die uns unsere Sprache reichlich liefert, das Verb wollen. Ich will! Um diesen festen Willen möchte man Sie beneiden! Sie wählen nicht die vorsichtigen Möglichkeitsformen wie: Soll ich? Kann ich? Darf ich? Muß ich? Sondern: Ich will.

Auf meine lobenden Sätze über die Wohltaten der Insel Juist, auf der wir einige Septembertage verbracht hatten, schreiben Sie nichts weiter als: »Ich liebe die Ostsee heftiger. Ich träume weiterhin von der kleinen Fischerhütte auf der Kurischen Nehrung!«

Träume – Pläne, das geht ineinander über.

»Das nächste Weihnachtsfest will ich mit meinen Söhnen in Königsberg verbringen.« Mit diesem Satz, diesem Vorsatz, endete Ihr Brief, damit beende ich auch meinen Brief an die Leserin in der nordbayerischen Provinz. Machen Sie aus Träumen Pläne!

Ihre c. b.

Den Tag vor dem Abend loben

Lieber Kühner!
So rede ich Dich in Gegenwart Fremder an, ich kann nicht alle Namen, die ich Dir im Laufe unserer Ehe gegeben habe, verraten, einiges müssen wir für uns behalten.

Eben hast Du das Haus verlassen. Du bist auf dem Weg zum Arzt. Ich habe gefragt, ob ich mitkommen soll, Du hast verneint. Hätte ich darauf bestanden, wärst Du meine Besorgnis gewahr geworden. Wir können nicht mehr viel voreinander verbergen. Wir leben nicht nur lange miteinander, wir leben auch nahe beieinander. Auf dem Tisch in meinem Arbeitszimmer steht eine kleine Bronzeplastik: Heidschnucken drängen sich aneinander; erst wenn man die dünnen Beine zählt, erkennt man, daß sich ein fünftes Tier in der Mitte befindet, es wird von den stärkeren Tieren beschützt. Früher haben wir diese schöne und bedeutungsvolle Plastik nur in Notzeiten aufgestellt, es geht Trost von ihr aus. Seit der letzten schweren Operation räumen wir sie nicht mehr fort. Auch darüber haben wir nicht gesprochen. Wir sind schweigsame Leute. Wir trennen uns seither nicht mehr, auch nicht für Tage, folglich gibt es auch keine Briefe mehr. Früher schob einer dem anderen, der auf eine Reise ging, einen Zettel in den Koffer oder in die Manteltasche, so versteckt, daß er gesucht werden mußte. Und der, der wegfuhr, versäumte nicht, dem anderen einen schriftlichen Gutenachtgruß zurückzulassen.

Als wir uns kennenlernten, waren wir noch »junge Autoren«, beide ganz am Anfang einer Karriere. Wir interessierten uns kollegial füreinander, schrieben Karten, kurze Briefe, trafen uns bei Tagungen, näherten und entfernten uns wieder, bis uns endlich die Augen füreinander aufgingen. Da waren wir Anfang Vierzig, fast schon Mitte Vierzig. Du hast mich nicht einmal gefragt, ob ich Dich heiraten wollte! Das war so selbstverständlich. Wir erwarben eine Lizenz, wir wurden getraut. Freunde und Verwandte beobachteten uns mit Besorgnis, auch mit Mißtrauen. Würde das gutgehen? Zwei Einzelgänger, zwei Schriftsteller so unterschiedlicher Art? Die Pluspunkte waren: die gleiche Herkunft aus Pfarrhäusern, der gleiche Jahrgang. Und: Es ging gut. Es ging sogar sehr gut. Wir teilten uns das kleine Haus, das ich kurz zuvor erworben hatte, teilten den großen Raum mit Hilfe von Buchregalen in zwei Arbeitszimmer. Du hörtest das Klappern meiner Schreibmaschine, und es störte Dich nicht, sondern es belebte Dich. Wir schoben uns Kassiber zu, gereimt und ungereimt; diese zärtlichen, unsachlichen Billette liegen in jenem Karton, in dem wir unsere vielen Briefe aufbewahrt haben.

Nach einigen guten Ehejahren beschloß ich, unsere Beziehung als Modell für ein Buch zu nehmen. Ich wollte zeigen, daß eine glückliche Ehe möglich ist, wollte zeigen, daß es »Glück« gibt. Ich nannte den Roman »Das glückliche Buch der a. p.«. Später fanden dann viele Leser heraus, daß jene a. p. und diese c. b. Ähnlichkeiten miteinander haben.

Wir arbeiteten Wand an Wand, wir reisten, wir wanderten. Du lehrtest mich Deinen Norden, ich Dich meinen Süden, daraus ergab sich dann ein gemeinsames Buch: »Erfahren und erwandert«. Du lektoriertest meine Bücher, Du warst ein erfahrener Lektor beim Süddeutschen Rundfunk gewesen, davon haben meine Romane profitiert. Erfolg stellte sich ein. Und zur selben Zeit die großen Sorgen. Ein Autounfall, dann die Krankheiten, die Operationen, wieder und wieder. Immer warst Du der Betroffene. Warum –? Was sollten wir lernen? Waren wir unserer Sache zu sicher? Namhafte Chirurgen, berühmte Kliniken. Ich bin eine geübte Krankenschwester geworden, ich habe sogar Geduld gelernt. Und immer wieder bist Du davongekommen. Wir leben nun nicht mehr unbekümmert. Wir sind vorsichtiger geworden, dankbarer, loben den Tag noch vor dem Abend. Wenn ich bereits am Schreibtisch sitze und Du die ersten Töne auf dem Cembalo anschlägst, stehe ich auf, gehe zu Dir, und wir singen einen Morgenchoral.

Wir hatten einen schönen Sommer in diesem Jahr. Gegen Abend sind wir oft zum Schwimmen an die Aue-Seen gegangen. Der Weg führt durch einen Park, führt auf einem Holzsteg über den Fluß. Kommen wir spät, begleiten uns nur noch ein paar Bleßhühner, ein paar Wildenten, manchmal ein Schwan. Erlen und Weiden werfen lange Schatten auf das Wasser. So etwas ist wieder möglich und war doch ganz unvorstellbar! Keine Phantasie hätte dazu ausgereicht, kein Chirurg hätte eine solche Prophezeiung gewagt. Du malst wieder! Du hast zur Zeit eine Ausstellung in einem Museum. Neue Bücher erscheinen in diesem Herbst von uns beiden. Ein festlicher Sommer: Wir laden oft Gäste in unseren kleinen Garten. Du hängst einen Lampion, rund und gelb, ins Geäst, zündest, wenn es dunkelt, Kerzen an, Du weißt, daß mich der Blick in die schwarze Nacht bedrückt.

Du tauchst in meinen Büchern oft auf, ich gebe viel preis. Du erwähnst mich selten, Deine Bücher sind objektiver. Einmal hast Du einen kleinen Aufsatz über den

Umgang mit mir, der Kollegin, geschrieben. Eben habe ich mir das Buch geholt und nachgelesen. Da steht: »... Sie hat ein reales Verhältnis zum Leben, zum Altern, zum Tod, sie hat, was so selten ist, Talent zum Glück. Für ihren Partner ist es ein Gewinn, mit ihr zusammen alt zu werden. Für mich.«

Wann hast Du das geschrieben? Jahrzehnte liegen dazwischen. Stimmt das noch? Wir waren oft, zu oft, dem Tod – Deinem Tod – zu nahe. Wir werden jetzt alt, eines Tages sind wir alt, dann haben wir die Grenze überschritten, die in unserem Fall durch keine Pensionierung gekennzeichnet ist. Wir haben Ersparnisse, Geldsorgen wird es vermutlich nicht geben, auch im Pflegefall nicht. Wir schreiben uns aus dem Leben heraus. Ich hätte gern Erkenntnisse in Taten umgesetzt. Ich wollte eine Alters-Kommune gründen, eine Lebensgemeinschaft alter Menschen, die neue Wege gehen wollen, ökologisch, ökumenisch, auch ökonomisch. Sie sollten verwirklichen, was sich bisher in ihrem Leben nicht hatte verwirklichen lassen. Wir beide waren für dieses Projekt nicht geeignet. Statt dessen habe ich ein Buch geschrieben, »Die letzte Strophe«, ein utopischer Roman.

Wir legen nun Pausen ein, sitzen länger bei Tisch, machen Spaziergänge und keine Wanderungen, keine weiten und fernen Reisen. Die Reizschwelle ist niedrig geworden, es ist uns recht so. Du warst einmal ein Vagabund, bist in den einsamen nördlichen Ländern gewandert. Als ich Dich zum ersten Mal sah, kamst Du aus Island, wo Du mit dem rechten Bein in die Lava gebrochen warst. Du gingst am Stock. Einige Freunde nennen Dich noch »Hetman«; im Partisanenkrieg, in Rußland, warst Du Chef einer Kosakenschwadron. Man nennt Dich auch

»Pummerer«. Mit Deiner grotesken, skurrilen Lyrik hast Du ein wenig Heiterkeit verbreitet. Während ich diesen Brief schreibe und auf Deine Rückkehr warte, ist mir eingefallen, daß ein Roman jener Schriftstellerin a. p. den Titel »Narben« trägt. Wenn man Deine Biographie schreiben würde, dann wäre das der geeignete Titel.

Was alles haben wir erlebt! Kann man so viele Erlebnisse verarbeiten? Kann man Ordnung im Gedächtnis schaffen? Es ist eine große Bevorzugung, schreiben zu dürfen. Ich ermutige jeden, seine Erinnerungen aufzuschreiben, aber ich warne ihn auch, wenn er annimmt, es könne daraus ein Buch werden.

Wer von uns beiden wird übrigbleiben? Das wirst Du Dich fragen, das frage ich mich. Wir sprechen nicht mehr darüber. Ich würde gern in mein Heimatdorf zurückkehren, da wartet das Grab der Großeltern, das Grab der Eltern ist nicht weit. Der Stern Davids in dunklen Granit gehauen. Es wäre dort Platz für uns beide, wir könnten unterm Rasen liegen, niemand würde ein Blumenbeet anlegen, keiner müßte mit einer Gießkanne kommen. Die letzte Ruhe. Aber was ist vorher? Daß einem von uns das Vertrauen in die Gnade Gottes verlorengehen könnte, das kann und will ich mir nicht vorstellen. Im Schatten seiner Flügel haben wir viele schwere Zeiten überstanden.

Heute abend wird ein junger Gast kommen, und ich werde kochen, und auf den grünen Salat werde ich eine gelbe Kresseblüte legen. Er wird uns von seiner langen Frankreichreise erzählen, wir werden Wein trinken, Du wirst Kerzen anzünden, der Abend kommt jetzt schon früh, aber es ist noch warm. Am Ende dieses Tages wirst Du den Arm um meine Schultern legen, wir werden dankbar für diesen späten Sommertag sein. Spätestens dann wirst Du mir sagen, was der Arzt festgestellt hat.

Ende September 1991

Jeder Atemzug ein Seufzer

Ach, Emma! Liebe Emma!
Immer wenn ich an Dich denke, und das tue ich oft, viel öfter, als Du es Dir vorstellen kannst, denke ich: Ach – arme Emma! Da lebst Du nun in einem Schloß, hast ein schönes großes Zimmer, der Blick geht in den Schloßhof und auch übers Land. Aber auf einem Schild, das neben dem Schloßtor hängt, steht »Alten-Pflegeheim«, und das Fenster mit dem schönen Blick ist für Dich nicht erreichbar. So alt bist Du doch noch gar nicht! Wir kennen uns schon so lange. Wir lebten im selben Dorf, Du in einem Bauernhaus mit einer kleinen Gastwirtschaft, ich im Pfarrhaus. Ich ging so gern mit Deinem Vater ins Heu! Kein Pferdefuhrwerk. Er spannte den Ochsen an, oder waren es Kühe? Im Holzhäusergrund, im schönsten Wiesental, das ich kenne, wo ich auch heute noch so gerne bin, wo es viele Erinnerungen gibt. Nach einem langen Sommertag fuhren wir auf dem hochbeladenen Heuwagen zurück zum Dorf, aber vorher rutschten wir herunter, um Sträuße zu pflücken, Kornblumen, Mohn, Margeriten. Du warst schon ein junges Mädchen, ich war noch ein Kind; mit zwölf Jahren mußten wir fort, weil für einen Pfarrer der Bekennenden Kirche kein Platz mehr war.

Später, sehr viel später kam ich dann wieder ins Dorf. Aus Dir war eine tüchtige und umsichtige Wirtin geworden, aus mir eine Schriftstellerin. Jedesmal wenn wir im Gasthof einkehrten, standest Du ein paar Minuten am Tisch, gesetzt hast Du Dich nie. Es war keine Zeit, Du mußtest zurück in die Küche. Alle Tische besetzt, die Gästezimmer belegt. Sitzen hätte Untätigkeit bedeutet. In den letzten Jahren klang jeder Deiner Atemzüge wie ein Seufzer. Du wußtest das gar nicht, ich machte Dich darauf aufmerksam. Dein Herz beschwerte sich wohl schon lange. Es wurde zu sehr strapaziert. Ermahnungen nutzten nichts, zu ändern war das nicht. Eine Wirtin hat keine Zeit. Du warst korpulent geworden, ich betrachtete Dich und lachte, lachte Dich aus, weil Du sagtest: »Ich esse kaum noch etwas anderes als Quark.« Dann mußte es am Quark liegen!

Bald darauf, noch vor Weihnachten, erfuhr ich, daß Du einen Schlaganfall erlitten hattest. In der Küche, beim Braten der Gänse. Zweiundneunzig gebratene Gänse, von Jahr zu Jahr wurden es mehr. Wer wollte noch selbst eine Gans braten? Man fuhr in den gepflegten Landgasthof, der in diesem schönen kleinen Dorf im Waldeckschen lag, machte es sich bequem, ließ sich bedienen; wir taten das auch. Die Bedienung der Gäste besorgte längst die Tochter, die tüchtig ist wie ihre Mutter. Du gingst nicht mehr gern in die Gasträume.

Du kamst ins Krankenhaus, dann in ein Rehabilitationszentrum, aber man konnte Dich nicht rehabilitieren. Die nächste Station war dann das Schloß, nur fünf Kilometer vom Dorf entfernt. Es war nicht möglich, Dich zu Hause zu pflegen. In einem Gasthof ist kein Platz für einen Menschen, der ständige Pflege braucht. Dein Geist ist wach; die Sprache, das Gehör, das ist alles in Ordnung, aber der schwere Körper versagt den Dienst. Von einem Tag auf den anderen! Was sage ich: von einer Minute zur anderen war alles vorbei, alles, wofür Du ein Leben lang gearbeitet hast. Ich habe das ja verfolgen können. In jedem Jahr habt Ihr gebaut und umgebaut und angebaut, immer komfortabler, immer den wachsenden Ansprüchen der Gäste folgend. Gästezimmer in der ehemaligen Scheune, weitere Gasträume im ehemaligen Schweinestall, Ausbau der Kornkammern, Balkone an die Gästezimmer, Einbau von Dusche und WC, das alles mußte sein, um konkurrenzfähig zu bleiben. Im Laufe der Jahrzehnte wurde eine ländliche Nobel-Herberge daraus. Die Wirtsstube, in der Dein Vater den alten Männern ein Bier zapfte, einen Korn eingoß, habe ich ja noch gekannt. Und immer die großen Gemüsegärten. Immer das Vieh im Stall, Schweine und Rinder und Federvieh. Wenn ich kam, gabst Du mir ein Küchenmesser, damit ich im Garten Sträuße für die Gräber meiner Eltern und Großeltern schneiden konnte, und zum Abschied bekam ich dann auch noch eine Cervelatwurst aus der Räucherkammer.

Was für schöne Feste haben wir mit unseren Freunden in Eurem Gasthof gefeiert!

Ach – Emma! Ist es schon das vierte Jahr, daß Du so hilflos bist? Einmal habe ich Dich besucht, ein einziges Mal. Es gibt keine Fahrgelegenheit. Ich entschuldige mich bei Dir, in jedem der kleinen Briefe, die ich Dir schicke, steht eine Entschuldigung. Ich bin sehr beschäftigt, mehr, als Du es Dir vorstellen kannst, wir fahren kein Auto. Manchmal schicke ich Dir ein Buch von mir, wenn ich denke, daß es zu Dir und Deinen Lebensumständen paßt; ob es Dir jemand vorliest, weiß ich nicht. Es kommt oft Besuch aus dem Dorf, man hält Dir die Treue, aber die Frauen, mit denen Du jung warst, werden nun auch alt, und die anderen haben wenig Zeit. Die Töchter nicht und die Enkel auch nicht. Wer kommt, der ist in Eile. Nur Du hast Zeit. Ich ahne nicht, wie Dir die Tage und die Nächte vergehen, ich versuche aber, es mir vorzustellen.

Heute will ich mich mit Dir unterhalten, so als säße ich

an Deinem Bett, weil ich ein Konzept für Dein Leben suche, es muß doch Sinn darin liegen, daß Du so lange leiden mußt. Hast Du Schmerzen? Mit einem Schlag hat man Dich zur Ruhe gebracht, zur äußeren Ruhe und ganz allmählich wohl auch zur inneren Ruhe. Jemand hat zu mir gesagt: »Man kann von Emma viel lernen.« Ist das der Grund? Sollen wir anderen von Dir Geduld lernen? Sollen wir lernen, daß man nicht ungestraft so viel arbeiten darf?

Im Anfang hast Du Dich gesorgt, ob denn der Gasthof weitergeführt werden könnte, ohne Dich. Mütter können sich so schwer vorstellen, daß sie selbständige, tüchtige Töchter haben. Vielleicht war es Dir gar nicht recht, daß es so gut weiterging? Die Frauen in Deiner Familie sind tüchtig, Deine Tochter leitet diesen Landgasthof mit heiterer Umsicht, noch seufzt sie nicht beim Atmen, man muß sich noch nicht sorgen um sie. Und eine tüchtige, rasche Enkelin gibt es auch. In der nächsten und übernächsten Generation haben die Frauen das Hotelfach studiert, sind ausgebildete Köchinnen, Konditorinnen. Die Tochter gewinnt Preise als Köchin und verbessert und erweitert das Unternehmen. Noch ein Grillplatz! Noch eine Kegelbahn! Blumenkästen an Fenstern und Balkonen: rote Geranien vorm schwarz-weißen Fachwerk, es sieht schön und einladend aus.

Ach – Emma! Und nun denke ich an Deine alte Mutter, die ich liebhatte. In ihren letzten Lebensjahren saß sie am Herd in der Küche und schälte Kartoffeln, einen Eimer nach dem anderen. Sie erkannte nicht mehr alle, ihr Geist war ein wenig verwirrt. Ich war jedesmal glücklich, wenn sie gleich wußte, wer ich war, sie sagte dann: »Pastors Christa« und freute sich. Es wäre wohl besser gewesen, wenn Deine alten Tage verlaufen wären wie die der Mutter. Aber wir können es uns ja nicht aussuchen. War Dein Mann wesentlich älter? Er hörte in den letzten Jahren schwer, kam nicht mehr gern in die Gasträume, ging wohl nie gern an die Theke. Manchmal zapfte er das Bier, das tut auch Dein Schwiegersohn, auch für ihn wird es nicht leicht gewesen sein, der Mann einer tüchtigen Wirtin zu sein. Hattet Ihr ein gutes Verhältnis? Viel Zeit hattet Ihr nicht füreinander, Du und Dein Mann. Aber: Ihr habt es zu etwas gebracht im Leben. Jeder im Dorf kann es sehen. Deine Eltern waren noch arme Leute mit einer kleinen Landwirtschaft und einer kleinen Gaststube. Im Winter schlachtete Dein Vater im Dorf, auch im Pfarrhaus. Jetzt feiert man Hochzeiten bei Euch, Konfirmationen, Geburtstage. Manchmal gibt es ein Kirchenkonzert, und im Anschluß daran essen wir mit Freunden dort; für mich gehörst Du noch immer dazu. Wie gern würde ich Dich dann einladen, aber wieder würdest Du keine Zeit haben, mit in die Kirche zu gehen und mit uns zu feiern. Als Gast kann ich mir diese Emma nicht vorstellen. Oder hast Du es gelernt, Gast zu sein? Zu nehmen statt zu geben? Dich bedienen lassen und immer danke sagen, bei jedem Handgriff?

Ach, arme liebe Emma! Bei allem Nachdenken bin ich nicht weit gekommen. Wir wissen nicht, warum etwas geschieht. Wir sollen lernen, wir sollen vor allem lernen, daß es auf unsere Fragen nach dem Warum keine Antwort gibt. Nicht ein für allemal. Vieles müssen wir hinnehmen. Manchmal hast Du mir das Haar aus der Stirn gestrichen, Du mochtest nicht, daß mir das Haar ins Gesicht fiel. Du selbst hast die große Stirn frei getragen, das dunkelblonde Haar, das schon lange ergraut ist, im Nakken geknotet. Auf das Äußere hast Du nie Wert gelegt, die Schürze hast Du selten abgenommen. Und was ist Dir jetzt geblieben? Gibt es jemanden, dem Du Dich anvertrauen kannst, bei dem Du Deine Gedanken los wirst? Wie geht es Dir? Was geht in Deinem Kopf vor? Was in Deinem Herzen? Um den Gasthof mußt Du Dich nicht sorgen, die Sorgen haben andere übernommen, auch die finanziellen. Es wird schwer für Dich sein zu wissen, wie teuer Dein Pflegeplatz ist. Liebe arme Emma! Ob Du mit Gott reden kannst? Mein Vater hat Dich konfirmiert, Du warst eine kluge Schülerin. Manches wird nun aus dem Vergessen wieder aufsteigen. Vielleicht sind die Choräle, die Du gelernt hast, eine Hilfe? Vielleicht geht spät noch auf, was damals gesät wurde? Ich denke mit soviel Liebe an Dich und bleibe Deine Freundin, bis zum letzten Tag.

Müssen jeden Tag essen

Lieber alter Freund!
Ich habe ein frisches Farbband eingelegt, damit Dir das Lesen leichter fällt. Diesmal wird mein Brief länger geraten als sonst. Weißt Du, daß es mehr als zwanzig Jahre her ist, daß wir uns kennenlernten und ich eine »Überlebensgeschichte« über Dich geschrieben habe? »Lewan, sieh zu!«, die Titelgeschichte für ein Reclam-Heft. Aus kleinen und größeren Splittern habe ich damals versucht, Dein Bild herzustellen. Ich konnte mich nicht einfach an die Lebensdaten halten, die Zeitgeschichte hat das Lebensmuster bestimmt.

»Lewan, sieh zu!« Diesen Zuspruch hast Du oft an Dich selbst gerichtet und bist damit durchgekommen, hast das »Dritte Reich« und die Verfolgungen und den Zweiten Weltkrieg überlebt, bist ein Schweizer geworden und nicht mehr nach Deutschland zurückgekehrt. Was für ein langer und verschlungener Lebensweg! Seit Jahrzehnten nun Genf, oder besser Genève, als ständigen Wohnsitz, eine Stadt, in der man Französisch spricht; auch Deine Kinder und Enkelkinder. Und Du: ein deutschsprachiger Literat, ein homme de lettres. Du mußtest Dich anpassen und schreiben, was die Leute lesen wollten. Du hast im Briefmarkenhandel gearbeitet. Eine Altersgrenze schien es für Dich nicht zu geben, Du lebst weiter, arbeitest weiter, schreibst weiter; aber spätestens jetzt hätte ich die Vergangenheitsform nehmen müssen. Mit dem »Immer-Weiter« hat es ein Ende. Deine Leser sind allmählich ausgestorben. Wie mußte es Dich erfreuen, als die Nachricht kam, daß ein deutscher Verlag in diesem Herbst eine Taschenbuchausgabe einer Deiner Künstlerbiographien herausbringen wird. Lebenszeichen!

Als Du, damals, den Titel meiner Geschichte über Dich gelesen hast, schriebst Du: »Zuschaun mag i net!« Du gabst meinem ernsthaften Titel »Lewan, sieh zu!« einen heiteren Unterton. Damals sagten wir noch Sie zueinander. Ein Musikkenner und Musikliebhaber kann sich eine gelegentliche Vorliebe für die leichte und heitere Muse leisten, er vergibt sich nichts. Warum nicht Operette, Komödie –? Du bist duldsam geworden, übst Nachsicht, auch mit Dir selbst. Je älter man wird, desto mehr ist man auf Nachsicht angewiesen, die man üben muß. Ich bin oft noch ungeduldig und unduldsam, vor allem mit mir selbst.

In den ersten Jahren unserer Freundschaft staunte ich, wen Du kanntest, mit wem Du Briefe wechseltest. Briefe, die nun in den großen Archiven aufbewahrt werden: Stefan Zweig, Thomas Mann, Hermann Hesse. Du hast über diese Begegnungen geschrieben. Aber es ist alles so lange her! Du bist ein »Zeitzeuge« geworden, den man auf dem Bildschirm bestaunen kann. Vermutlich gehöre ich zu Deinen letzten Brieffreunden. Nie haben wir telefoniert. Deine Telefonstimme kenne ich nicht. Irgendwann werden Deine kleinen Billette ausbleiben. Deine schöne Schrift ist zittrig geworden, das habe ich nie erwähnt, Du wirst es ja auch wissen. Wir gehen behutsam miteinander um. Soll ich Dich mit dem Klingeln des Telefons herbeiläuten? Dich stören? Immer hast Du an die Tür geklopft, bevor Du in mein Arbeitszimmer getreten bist, immer hast Du Dich bei Deinen Besuchen unserem Lebensrhythmus angepaßt. Einen Brief kann man lesen, wenn man sich wohl fühlt, kann ihn ein zweites Mal lesen, wenn man Zuspruch nötig hat. Unter Deinen kleinen Briefen steht seit einiger Zeit »Dein uralter Freund«, einige Jahre lang schriebst Du »Dein alter Freund Lewan«.

95 Jahre! Du bist mein ältester Freund, bist eine Rarität, eine Kostbarkeit. In diesem Sommer, der nun zu Ende geht, wolltest Du noch einmal über den Genfer See fahren. Die Wünsche reichen nicht mehr weit, von Festspielen in Salzburg oder Bayreuth ist nicht mehr die Rede. Hat sich der Wunsch erfüllen lassen? Gemessen an Deinen Kräften, war der Wunsch wohl doch groß. Du warst gewohnt, Spaziergänge im Park zu machen, irgendwann hast Du dann geschrieben, Du seist ein »Grünflächenwanderer« geworden, eine traurige Feststellung, heiter serviert. Wenn wir hier in Kassel miteinander einen Spaziergang machten, saßen wir oft auf den Parkbänken, blieben plaudernd stehen, machten uns auf den Flug der Wildenten aufmerksam, auf den Schatten, den der Pavillon auf den See warf. Meist sprachen wir über Literatur.

Du wirkst heiter. Wenn ich an Dich denke, sehe ich ein heiteres Gesicht vor mir, das dichte weiße Haar, die lebhaften Augen. Ist das Haar noch so dicht? Du hast lange keine Fotos geschickt. In einem Deiner letzten Briefe steht, daß Du meinen Brief schwer lesen konntest, mein Farbband sei zu schwach. Seither schreibe ich Dir immer einen Brief, wenn ich ein neues Farbband eingezogen habe, das ist dann wie ein kleines Geschenk an Dich. Du hörst nicht mehr gut? Ach – Lewan! Lassen die Nachbarn zu, daß Du den Plattenspieler und das Rundfunkgerät lauter einstellst? Störst Du nun andere, was Du ein Leben lang vermieden hast? Ohne Musik kann jemand wie Du doch gar nicht leben!

Als Du 75 Jahre alt wurdest, sagtest Du, daß Du in jenem Jahr keine Anforderungen an die Krankenkasse gestellt hättest. Wer könnte das von sich sagen? Du hast gesund gelebt, nicht geraucht, keinen Alkohol getrunken, regelmäßige Tätigkeit, Spaziergänge, geistige Anregung. Aber ohne eine gute Grundausstattung, ohne diese ruhige Kindheit in der Zeit vorm Ersten Weltkrieg hätte das alles nichts genutzt.

In jedem Brief steht, daß Deine Frau nun völlig erblindet sei. Als ob ich das jemals vergessen könnte! Als ob ich mir das nicht vorstellte: ein Leben mit einer blinden Frau und Du selbst doch nur begrenzt zur Hilfe fähig. Deine Frau! Sie ist mit Dir in die Emigration gegangen. Sie hätte sich in Sicherheit bringen können, war von den Rassegesetzen ja nicht betroffen. Für Frauen ist vieles soviel schwerer. Zwei Kinder mußten versorgt und erzogen werden, im Untergrund, im Ausland. Aber heute danken es Euch die Kinder; täglich kommt jemand und sieht nach dem Rechten. Vor einiger Zeit hat mir Dein Sohn einen Brief geschrieben, er ist nur wenig jünger als ich, sein Deutsch ist fehlerhaft. Er bat mich, Dir doch recht oft zu schreiben, es sei einer der letzten Kontakte mit Deutschland. In seinem Brief steht: » . . . müssen jeden Tag essen«. Und ich habe verstanden, wie er das meinte. Er beklagte sich nicht; er stellte nur fest. Jeden Tag muß für Essen und Trinken gesorgt werden. »Müssen jeden Tag essen«, zitieren wir jetzt manchmal, in jener heiteren Ironie, die auch Dir zu eigen ist. In Pommern sagte man: Wer die Dauer hat, hat die Last. Eure Kinder und Enkel ermöglichen Euch, in der gewohnten Umgebung zu bleiben. Das ist wohl doch die beste und natürlichste Art, alt und immer älter zu werden, von jenen versorgt, die zuständig sind.

Wenn wieder fünf Lebensjahre vorüber sind, bringt man eine kleine Notiz in unserer Tageszeitung. Das humanistische Gymnasium der Stadt, die einmal auch Deine Stadt gewesen ist, hat, als Du neunzig wurdest, Bücher und Schriften und Fotos ausgestellt, man hat einen Film über Dich gezeigt, Schüler haben eine Reportage gemacht.

Gegen das Vergessen-Werden läßt sich nicht viel tun, es gehört zum Ablauf unseres Lebens. Wer schreibt, bekommt ein paar Pluspunkte mehr. Es wird auch später noch hie und da jemand Dein berühmtestes Buch »Genie und Eros« aus dem Regal ziehen, darin blättern und lesen. So mogeln wir Literaten uns ein Stück über den physischen Tod hinaus.

Hier liegt seit einigen Tagen mein neues Buch. »Die Stunde des Rebhuhns« – Aufzeichnungen aus dem zu Ende gehenden Lebensjahrzehnt. Ich werde es Dir nicht schicken, weil es Dich traurig machen würde. Du könntest es nur mit größter Mühe lesen. Das Umschlagbild stammt von Kühner, es würde Dir gefallen. Eine Flußlandschaft in hellen und dunklen Violettönen.

Du hast immer über andere geschrieben; Biographien waren Deine literarische Domäne, über Dich selbst hast Du wenig veröffentlicht, darum weiß ich auch nicht, wie es ist, wenn man so alt wird, so »uralt«, wie Du es nennst. Du solltest Deiner Freundin, die nun in ein neues Lebensjahrzehnt eintritt, noch ein paar Lehrsätze auf den weiteren Weg mitgeben. Versuch es, Lewan! Aber drängen will ich Dich nicht, dazu ist mir unsere Freundschaft zu kostbar.

Und auch unter diesen langen Brief schreibe ich: »Lewan, sieh zu!« Die anderen schauen nun zu, schauen auf dieses tapfer bestandene Leben. Laß Dich umarmen, lieber alter Freund. Und grüß Deine Frau! Grüß die Kinder, die Enkel!

Mit der Lupe wirst Du meinen Brief wohl lesen können. A Dieu!

Singen am Hohentwiel

Liebe und geneigte Leserin!
Wenn ich auf den Briefumschlag schreibe: »Singen am Hohentwiel«, werde ich sofort gut gelaunt; das liegt natürlich auch an Ihnen, weil Sie eine so gute Briefeschreiberin sind. Aber: Ist es denn nicht wunderschön, am Hohentwiel zu singen? Es ist doch nicht dasselbe wie gießen in Gießen oder essen in Essen!

Habe ich Sie mit meiner guten Laune angesteckt, liebe Leserin? Wohin denn ich – fragen Sie; demnach kennen Sie die Gedichte der Marie Luise Kaschnitz, die sie bald nach dem Tod des geliebten Mannes veröffentlicht hat. Ich habe die Gedichte damals mit der größten Anteilnahme gelesen. Wenn der Tod geschieden hat, was unzertrennlich schien. Sie haben mir nur ein einziges Mal ein paar Sätze über Ihr Alleingeblieben-Sein geschrieben. Ihr Mann ist früh, viel zu früh gestorben. Eine Krankheit, von der Sie beide wußten, daß sie tödlich enden würde. Diese Zeit sei die größte Zeit Ihrer Ehe gewesen, so ähnlich haben Sie es ausgedrückt. Eine Witwe mit einer gesicherten Pension sind Sie nicht? Es gibt Geschäfte, die Sie weiterführen? So ähnlich wird es sein.

Als Ihre Tochter ein Kind bekam, waren Sie bereit, es aufzunehmen, Sie wurden keine Großmutter, sondern noch einmal eine Mutter, die ein Kleinkind zu betreuen hatte, bis der Bub so groß war, daß seine Mutter sich die Versorgung zutrauen konnte. Dieser Abschied ist Ihnen schwergefallen, das konnte ich zwischen den Zeilen lesen, und nun ist er ein Ferienkind, und Sie sind seine Großmutter. Wieviel ist zu lernen! Sie sind klug, Sie fügen sich.

Dieser lebhafte Junge wird Sie verjüngt haben, Sie haben sich etwas Mädchenhaftes bewahrt. Er hat Haus und Garten mit Leben und Lachen erfüllt, aber er hat Sie natürlich auch sehr gebunden. Seit einiger Zeit lese ich in Ihren Briefen von Reisen. Eine alleinstehende Frau tut gut daran, sich einer Gruppe anzuschließen. Busreisen von Kunstwerk zu Kunstwerk unter sachverständiger Leitung. Es muß angenehm sein, Sie als Reisegefährtin zu haben. Sie sehen viel, Sie sind sehr aufmerksam, wenden sich bereitwillig von sich ab und dem anderen zu. Ich habe das beobachtet. Sie lesen in Gesichtern, lesen auf Bildern, und dann lesen Sie ja auch noch in Büchern, in meinen Büchern, und sagen mir dann einige Sätze dazu, Ihr Urteil ist mir wichtig. Dafür danke ich Ihnen! Ich bin auf Zustimmung angewiesen, das sind wir natürlich alle, aber nur wenige sind fähig, ihre Zustimmung auszudrücken. Wir sind alle so gehemmt im Umgang miteinander, fürchten oft, etwas preiszugeben. Ich selbst habe mir das, seit ich älter werde, abgewöhnt. Nicht leicht! Sie haben vor einigen Jahren die Hemmschwelle übersprungen. Wo war das? Wann war das? Sie schrieben ein zweites Mal, meist bleibt es bei dem einen Leserbrief und der freundlichen kurzen Antwort der Autorin. Ich erinnere mich durchaus an diesen Autoren-Abend in Singen. Als wir in einem kleinen Kreis nach der Veranstaltung beim Wein saßen und der Veranstalter seine Gitarre nahm und ich zum ersten Mal »Singen am Hohentwiel« erlebte.

In Ihrem letzten Brief schreiben Sie von den Sommerfreuden mit dem Enkel und fügen hinzu: »Ringsum nichts als Katastrophen, das macht mir ein schlechtes Gewissen –.« Müssen wir eigentlich immer ein schlechtes Gewissen haben, wenn es uns einmal bessergeht als anderen? Wie könnte dann jemals Freude entstehen? Müßte nicht unsere Freude am Leben, am Augenblick, ansteckend wirken? Mit der gleichen Post erreichte mich ein Brief des Schriftstellers Peter Jokostra, den ich »Pjotr« nenne, er selbst behauptet, einer der letzten Partisanen zu sein. Zwei engbeschriebene Seiten, auf denen er vergangenes, gegenwärtiges, künftiges Unheil zusammendrängt. Von Zeile zu Zeile wurde mir elender! Dabei schätze ich seine Art, die Welt zu beschreiben, Bücher zu rezensieren. Die letzten Zeilen seines Briefes lauten: »Aber zur Zeit interessieren mich vorwiegend die bunten Falter in meiner selbstgeschaffenen Wildnis, in der einfach alles wachsen und blühen darf. Brennesseln und Disteln gehören zu meinem Biotop. Dort siedelt sich der große Schillerfalter, der russische Bär an. Brüderliche Grüße vom letzten Partisanen«, schreibt er. »Ihr alter Taigabauer«. Er war im Osten zu Hause, lebt jetzt am Rhein, ob er dort »zu Hause« ist, das weiß ich nicht. Warum ich Ihnen von diesem Jokostra schreibe? Es gibt so viele Menschen, die sich eine Nische schaffen, in der sie leben können. »Nische« nennt man das heute. Bürger der ehemaligen DDR hatten sich solche Nischen geschaffen, in denen sie die Diktatur des real existierenden Sozialismus überleben konnten, jetzt zerstört man ihnen diese Schlupfwinkel. Würde man alle diese Nischen miteinander verbinden: ein Netzwerk entstünde! Haltbarer als andere Verbindungen. Verfolgen Sie meinen Gedanken weiter, liebe Leserin. Ich bin darauf angewiesen, daß man mitdenkt und nachdenkt und selbst zu neuen, vielleicht auch besseren Einsichten kommt. Ich will und kann nicht deutlicher werden. Ich bin nicht immer optimistisch, aber ich will auch keinen Pessimismus verbreiten. Wir bekommen Lebensaufgaben gestellt und müssen versuchen, sie zu lösen und zu einem Ergebnis zu bringen. Wir dürfen nicht zu früh kapitulieren!

»Du kennst eben nur ihre Sonntagsseite!« sagte neulich die Tochter einer Freundin, als ich mit Bewunderung von ihrer achtzigjährigen Mutter sprach, die sich sorgfältig kleidet, nie klagt und wenn, dann ihre Beschwerden in heiterer Ironie erwähnt. Ich gab der Tochter recht, aber ich sagte doch auch: »Sie hat eine Sonntagsseite, und die kehrt sie hervor, dafür bin ich ihr dankbar.« Die meisten Menschen geben sich gar keine Mühe zu gefallen, zeigen alle Blößen vor, man wagt nicht zu fragen: Wie geht es? Weil man Kaskaden von Leidensgeschichten befürchten muß. Die Tochter sagte: »Du gehst der Wahrheit aus dem Wege!« Ich sagte: »Nicht immer.«

Nun ist mein Brief ernsthafter geworden, als ich ihn angefangen habe. Angefangen habe ich ihn doch mit »Singen am Hohentwiel«. Gestern sagte jemand zu mir: Machen wir uns doch nichts vor! Ich habe zurückgefragt: Warum eigentlich nicht? Warum denn immer kalte und brutale Wahrheiten? Das Gegenteil von Wahrheit heißt nicht Lüge, sondern oft Barmherzigkeit. Machen wir uns etwas vor, für Stunden, für Augenblicke. Wenn man sich, alt-geworden, für kurze Zeit jung fühlt, ist das soviel beglückender, man empfindet das Gefühl mit Dankbarkeit. Man war doch nicht glücklich, nur weil man jung war! Nach meinen Erfahrungen stimmt das nicht. Als ich jung war, war Krieg, und es folgten die entbehrungsreichen Nachkriegsjahre, aber beides, Krieg und Nachkrieg, haben mich nicht daran gehindert, zeitweise glücklich zu sein, auch, vermutlich sogar wegen der erschwerten Umstände. Dieses Glück am Rande der Katastrophen. Von allen Seiten warnt man mich und belehrt man mich, wie es einem im Alter ergehen könne. Bange machen gilt nicht! Es wird und kann uns doch geraten, mit den Lebensmöglichkeiten, die bleiben, zufrieden zu sein. Die Bedürfnisse ändern sich doch auch mit unseren Kräften. Diese Erfahrung werden Sie ebenfalls gemacht haben. Wenn mir Kaffee nicht bekommt, schmeckt er mir nicht; da fällt es mir leicht, den Kaffee wegzulassen. Wir dehnen unsere Wanderungen nicht mehr so weit aus, wie wir es früher taten, es ist längst nicht mehr ein Vier- oder Fünf-Stundenkilometer-Pensum. Warum sollten wir das auch nachmessen? Wir setzen uns manchmal auf eine Bank, früher saßen wir meist im Gras. Was nun aber das Sitzen anlangt: In Bussen und Straßenbahnen würde ich gern einen Sitzplatz haben! Außer mir hält das bisher niemand für erforderlich. Angeboten wird mir kein Platz. Ich müßte darum bitten. Wenn es wirklich nötig sein wird, muß ich es tun, und vermutlich wird keiner meine Bitte abschlagen. Lieber wäre es mir, wenn ich einen Sitzplatz angeboten bekäme! Damit Sie nun sehen, wie inkonsequent ich bin: Wenn mir jemand beim Ein- und Aussteigen behilflich sein will, sage ich jetzt oft: Danke! Danke! Es geht schon! Es ist noch gar nicht lange her, da empfand ich diese Handreichung nicht als Hilfestellung, sondern als galante Höflichkeit, die der Frau galt. Jetzt scheine ich anzunehmen, daß diese Handreichung der alternden Frau gilt, und das ist mir nicht recht. Aber: ich gebe mir doch Mühe, mich so zu verhalten, wie es meinem Lebensalter zusteht. Im Sommer werde ich immer ein wenig jünger . . . aber jugendlich möchte ich nicht wirken!

Haben Sie über die Autorin gelacht? Denken Sie über den einen oder anderen Satz nach? Lassen Sie darüber ein wenig Zeit vergehen! Es ist nämlich so, daß mich Briefe, die sich hier unbeantwortet ansammeln, beunruhigen.

Wünschen wir einander Augenblicke, in denen die Welt schön ist! Aber es bleibt immer ein Rest, ein Gefühlsrest: Im Paradies muß es noch schöner sein!

Die Fragen bleiben

Es ist der 24. Mai, das war über viele Jahre hinweg Dein Tag, lieber g. t. Nie habe ich an den Festen, die Du in Deiner Hinterhofwohnung in Kreuzberg gefeiert hast, teilgenommen. Ich wäre ein Fremdkörper gewesen, das weißt Du. Du hast unsere vielen Feste nicht nur mitgefeiert, Du hast mit geistvoll-heiteren Reden zu ihrem Gelingen beigetragen. Wenn ich einen Orden erhielt, wenn ein Buch Premiere hatte. Du kanntest das Buch dann bereits, die letzten meiner Bücher hast Du nach Diktat ins reine geschrieben. Sagte Dir etwas nicht zu, schriebst Du langsamer, warfst mir einen fragenden Blick zu; bei einem pointierten Satz hast Du aufgelacht. Ach, Dein Lachen! Es war das Kräftigste an Dir. Du hast laut gelacht, mit weit geöffnetem Mund. Herauslachen. Bei keinem anderen Menschen habe ich das gesehen oder gehört. Wie Dein Lachen, so war Dein Beifall, bei einem Aktschluß, nach einem Konzert. Du klatschtest mit hohlen Händen, dann wirkt der Schall kräftiger, Du hast mir das vorgemacht, gelernt habe ich es nicht.

Ich schreibe in der Vergangenheitsform. Unser Briefwechsel ist abgebrochen; es kommt nicht mehr in jeder Woche ein Brief aus Berlin, auf Bibelpapier geschrieben, der Briefkopf in einer feingestochenen eleganten Helvetica.

Um Dir diesen Brief schreiben zu können, habe ich die beiden Aktenordner hervorgeholt, habe geblättert, habe gelesen. Bei Dir werden ebenfalls zwei Ordner mit meinen Briefen stehen, eingeordnet hast Du die Briefe dort und hier, Du warst während eineinhalb Jahrzehnten zunächst »der kleine Sekretär«, damals warst Du noch Schüler, dann wurdest Du der Mitarbeiter, dann der Herausgeber und: Du warst ein Freund. Nie fühlte ich mich wie eine »mütterliche Freundin«, es liegen fast zwei Generationen zwischen uns. Am Ende war der zeitliche Zwischenraum ganz klein geworden. Meine Briefe, oft auf Zettel geschrieben, oft auf Rückseiten, oft mit Gedichtzeilen angereichert, befinden sich in Deinem Nachlaß. Ich hätte gern gewußt, wie sich die Briefe lesen, die ich einem siebzehnjährigen Schüler, einem cand. phil., dann einem Literaten, der seinen ersten Roman veröffentlicht hatte, und wie die Briefe, die ich geschrieben habe, als ich wußte, daß Du todkrank warst, was wir beide über lange Zeit nicht wahrhaben wollten. Immer haben wir gesagt und geschrieben: Du bist die Ausnahme, Du bist das Wunder, Gott erhört Gebete.

Ich benutze nicht mehr das Präsens, es gibt keine Gegenwart mehr, nur für mich. Gegenwart, in der ich Dich vermisse, ich vermisse auch den Mitarbeiter, bei dem ich anrufen konnte und fragen: Wo muß ich suchen? Wo steht das? Du hattest ein junges Gedächtnis, es war noch nicht überfüllt wie meines. Wir waren aufeinander eingespielt.

In einem Deiner Briefe steht: »Was für ein schönes Bild. Ihr beide sekttrinkend im Verlagshochhaus in Berlin. Was waren wir einmal für ahnungslose glückliche Menschen! Gestern schaute ich mir eine nicht unerfreuliche halbe Stunde lang ältere Fotografien an, mit dem Gefühl der Sympathie gegenüber diesem im ganzen doch recht aufgeweckten, meist lachenden Menschen, der meinen Namen trug und an den ich mich gut und gern erinnere. Auch heute lache ich auf den meisten Fotos, ein anderes Lachen. Nicht mehr ›wegen‹, sondern ›trotz‹.«

Das ist schon einer der letzten Briefe, schon aus der neuen Wohnung; eine richtige Berliner Adresse. Eine Dachwohnung, ein Dachgarten. Ich entbehre Deine Briefe, aber ich entbehre auch, daß ich Dir nicht mehr schreiben kann. Es hat so vieles gegeben, gibt es auch heute noch, das nur für Dich bestimmt war, für keinen anderen. Wir warfen uns Gedichtzeilen zu, ich schrieb vom »rundgang zu zwein«, den wir oft mit Dir geteilt haben, und in Deinem letzten Brief steht dann: »Verschweigen wir, was uns verwehrt ist!« Das Ausrufungszeichen ersetzt den Seufzer.

Im selben Atemzug zitierst Du Rilke und Borchert: »›Nimm dir vor, als Kaiser von Europa aufzuwachen – und sieh du bist's!‹ Ich danke Ihm – damit ist nicht Rilke gemeint! –, daß ich diese Gabe besitze. Freilich werde ich auch manchmal wach und denke: ›Ach, du armes Luder‹, und das stimmt auch.« Das ist dann Borchert, jener Borchert, der »Draußen vor der Tür« geschrieben und die Aufführung seines berühmt gewordenen Stückes nicht mehr erlebt hat. Der Brief schließt: »›Des Gerechten Gebet vermag viel, wenn es ernst ist‹, sagt der Apostel Paulus. Davon gehen wir, beiderseits, aus.«

Wir haben uns oft unsere Träume mitgeteilt, unbekümmert, dem anderen vertrauend. In der letzten Nacht träumte ich: Ich befand mich in einer heiteren Gesellschaft. Keiner war mir bekannt. Es herrschte freundliches Durcheinander, erwartungsvoller Aufbruch, aber: wohin? Es gab einen Gastgeber, der ein wenig lenkte, ich war die einzige, die wußte, daß es sein Geburtstag war. Um Mitternacht legte ich ihm die Arme um die Schultern, küßte ihn leicht auf beide Wangen, ein Augen-Blick des Einverständnisses. Dann brachen wir auf, mit leichtem

Gepäck, kamen an einen gewölbten Gang, dessen Boden mit hellem Sand aufgeschüttet war; es ging sich nicht leicht. Wir kamen an das Ende, kamen in gleißende Helligkeit, immer noch Sand unter den Füßen, aber an beiden Seiten klares Wasser, flach, ohne Wellen, aus dem Sand und aus dem Meer stiegen weiße, schön geformte Felsen auf. Ich war entzückt! Ich suchte nach einem Badeanzug, fand keinen, bevor ich unbekleidet das Wasser erreicht hatte, wachte ich auf, leicht und hell – ich war in einer anderen, der anderen Welt, in der es licht ist, kein Horizont, keine Vegetation, aber: Entbehrt habe ich nichts, die anderen Menschen – wo waren sie geblieben? Zuletzt war ich allein ...

Dann nur noch wenig Briefe, die letzten kaum leserlich, mit der Hand geschrieben. Zuletzt die Nachrufe aus den Zeitungen. Wenn einer stirbt und ist zweiunddreißig Jahre alt geworden, und unter den Todesanzeigen stehen viele Namen, meist nur Vornamen, viele männlich, dann weiß man Bescheid: Aids. Man hatte das neutrale Alphabet gewählt, das mich ziemlich an den Anfang setzt, Kühner in die Mitte. Du hast ihn meist »Kühner« genannt, was ich mir auch angewöhnt habe, auch die Anrede wird ernster. Die zärtlichen Anreden habe ich auch in den biographischen Texten nicht preisgegeben, allenfalls im »Glücklichen Buch der a. p.«. Causa fortunae – Ursache des Glücks. Sagt man Glück, schließt man Unglück mit ein.

Einer Deiner Freunde wird das Gedicht ausgewählt haben, das über der Anzeige steht, die Deinen Tod mitteilt. Es heißt »Andererseits«:

»Von der anderen Seite
betrachtet, vom Ende, wird
es doch deutlicher werden,
dieses Leben, den Blicken,
nicht meinen mehr.«

Man hat Dich auf dem Domkirchhof begraben, er gehört zum Berliner Dom, ehemals Ost-Berlin. Der Domprediger hat Dir die Totenrede gehalten, er soll gesagt haben, daß er keinen besseren Zuhörer hatte als Dich. Du bist, soweit es Deine Kräfte zuließen, regelmäßig in seine Gottesdienste gegangen oder am Samstagabend in die Gedächtniskirche, wenn Du wußtest, daß die Nacht kurz wird und Du am Sonntag nicht früh aufstehen würdest. »Ich hole mir meinen Segen schon im voraus.« Mit dieser Leichtigkeit sprachst Du über Ihn, über Seinen Segen, über das Beten. Wenn Du für Wochen bei uns warst, wurde das Mittagsgebet nicht aufgegeben, was wir bei anderen Gästen meist tun. Wir gingen miteinander zum Gottesdienst, auch zum Abendmahl.

Du schreibst: »Wir haben auf der Terrasse gefrühstückt, im April!« – »Ich bin zweimal im Zimmer auf und ab gegangen!« Das schreibst Du, um mit guten Nachrichten zu beginnen. »Ich backe kleine Brötchen, aber ich backe.« Ein solcher Satz teilt mir mit, daß einige Gedichtzeilen geschrieben wurden, »abgesondert« steht da. In dem Jahr, das nun fast vergangen ist, habe ich manches Mal in Deinen frühen Gedichten gelesen. Von Anfang an gibt es diese Todesahnungen. Mit leichter Hand geschrieben. Das wollten wir ja beide, daß es leicht sei, daß es uns geraten sollte, das Schwere leichter zu nehmen, als es ist, und das Leichte schwerer.

Als unsere Freunde, die Dich seit Jahren kannten und gern hatten, gern mit diesem gescheiten jungen Literaten umgingen, trotz des großen Altersunterschiedes, als sie von Deinem Tod erfuhren, haben sie endlich gefragt, was sie schon lange wissen wollten: War er denn –? In meiner Generation hat man Hemmungen, über Andersartigkeit zu sprechen, man umschreibt. Als Du »es« mir gesagt hast, saßen wir auf neutralem Boden, in einem Café. Später sagten wir: Müssen wir mal wieder ins Café Paulus gehen? Damals hast Du mich aus den dunklen großen Augen angesehen und gesagt: »Ich habe mir diese Veranlagung nicht ausgesucht.« Diesen einfachen Satz habe ich verstanden. Aber damals habe ich gedacht, es geht vorbei, das soll es bei vielen jungen Männern geben, diese Neigung zum eigenen Geschlecht, bis dann eine Frau kommt, die den Bann bricht. So etwas werde ich gedacht haben.

Und als man dann von Aids hörte, von Immunschwäche und welche Menschengruppe gefährdet sei, doppelt gefährdet, da habe ich in weiten Abständen nachgefragt. »Lassen Sie sich regelmäßig untersuchen?« Später erst das Du. HIV, das Kürzel, das mich an Sportvereine denken ließ, habe ich nie benutzt. Der Prozentsatz der Infizierten wurde in Zeitungen und im TV mitgeteilt. Die Nachrichten wurden bedrohlicher, es haftete den Berichten etwas Schmähliches an. Kühner war es, der einmal sagte: »Es kann doch auf einen Augenblick des Glücks nicht die Todesstrafe stehen!« So drückt er sich aus, und soviel weiß ich von Dir, daß es sich um Liebe gehandelt haben wird, um heftige Zuneigung und ganz gewiß um Augenblicke des Glücks und auch des tiefen Unglücks. Es kam zu Trennungen. Den wirklichen Partner, den wirklich zugehörigen Freund, hast Du nicht gefunden.

Wir kommen nicht mehr oft in unseren Park. Der Weg um den See wird Kühner zu weit; aber vor wenigen Tagen waren wir dort und entdeckten einen Baum, den wir noch nicht kannten, hoch gewachsen, mit lichtem Laubwerk; zwischen den grünen Blättern leichte weiße im Wind, als hätten Kinder Taschentücher zum Trocknen aufgehängt. Wir nannten ihn den Wäschebaum, bis wir ein Schild entdeckten: Taubenbaum. Er blüht erst nach fünfzehn Jahren! Der Weg vom Park zurück ist nicht lang, aber das lateinische Wort für diesen Baum ist länger, ich konnte es mir nicht merken. Bäume! »Bäume haben immer recht«, pflegte der alte Quindt auf Poenichen zu sagen. Eine Leserin aus Kanada hat mir eine rührende Geschichte geschrieben. Bevor ihr Vater nach Kanada auswanderte, auswandern mußte, hat er sich von dem Kastanienbaum, der vor seinem Berliner Haus stand, eine Kastanie mitgenommen, hat sie eingepflanzt, sie ist aufgegangen, zu einem mächtigen Baum herangewachsen. Kastanienbäume sind in Kanada eine Seltenheit. Als sein Sohn hörte, daß der Ur-Kastanienbaum in Berlin gefällt sei, hat er auf seine Reise in das nicht mehr geteilte Berlin eine Kastanie mitgenommen und sie an jener Stelle ... Ein Enkel des damaligen Ur-Baumes. Die Geschichte wird hier rührselig, man traut sich nicht, sie zu erzählen, dabei üben solche Geschichten eine tröstende Gewißheit beim Hören oder Lesen aus: Es wird weitergehen mit dieser Welt. Du hast behauptet, der Westen Berlins gehört den Kastanienbäumen, der Osten den Linden. Aber dieser Kastanienbaum, der nach dem Zweiten Weltkrieg verheizt worden ist, der stand im Osten, vor dem Haus eines Juden.

Wenn ich, früher, nach Berlin fuhr, damals waren es noch sieben oder acht Bahnstunden in DDR-Zügen, auf

DDR-Gleisen – Du standest am Bahnhof Zoo, wo ich immer mit Verspätung eintraf. Du hieltest eine langstielige Rose in der Hand, winktest mir damit zu, und wenn Du zu uns nach Kassel kamst, zu Sommerferien, zu Weihnachten, dann standest Du mit einer langstieligen roten Rose vor der Haustür. »Eine Rose als Stütze«, der Titel wurde und wird oft zitiert, einer der schönen frühen Gedichtbände der Hilde Domin. Mein Rosenkavalier!

Ich erinnere mich. Das Pfingstfest 1990. In meinem Heimatdorf wurde die neue Orgel geweiht. Es war ein liebliches Fest voller Freude und Musik. Der Posaunenchor des Dorfes blies »Die Himmel rühmen des Ewigen Ehre«, und wir spürten, daß sich das Kirchendach gleich heben würde. Der Landeskirchenmusikdirektor an der neuen Orgel, seine junge Frau sang, Du hast beide gekannt und geschätzt. Der Organist: Anfang Sechzig, voller Pläne und, wie wir glaubten, gesund; nun ist er tot, das weißt Du noch nicht. Herzinfarkt während eines Kirchenkonzerts, das geht dann schnell. Und bei Dir dieser langsame und gewisse Tod. Als letztes hat er zu seiner Frau gesagt: Weitersingen –.

Ich lese in Deinen Briefen. Du berichtest vom Katholikentag in Berlin und von den Nonnen auf dem Alexanderplatz. Was für ein ungewohnter Anblick! Du lobtest de Maizière, dessen Namen wir schon fast vergessen haben, lobtest seine unaufgeregte Art. Wir fanden es verheißungsvoll, daß es einen Politiker gab, der die Bratsche spielte, aber in Deinem Brief ging es um etwas anderes. »Vor jeder Sitzung kommt er mit einer großen Schar Abgeordneter aller Fraktionen, außer der kommunistischen, in den Dom zur Andacht. Das eine oder andere könnten wir von dieser (dieser unterstrichen) DDR vielleicht übernehmen ... Sehe ich denn nur das Positive«, schreibst Du, »da mir am Geld nichts liegt und an der Freiheit so viel? Aber es ist doch großartig, was geschieht, daß es ohne nationalistischen Beiklang funktioniert, daß en passant sogar die Republikaner auf dem Müllhaufen der Geschichte landen. Und heiter und festlich promeniert Berlin unter Linden, Untern Linden. – Das hast Du ja selbst erlebt!«

Ach, was ist aus all den Vorstellungen und Vorsätzen geworden, erstickt in Korruption und Denunziation.

In demselben Jahr hast Du unter den Brief nach Deinem Geburtstag geschrieben: »Wie sagt Ochs von Lerchenau? ›Euer Gnaden haben heut durch unverdiente Huld mich tief beschämt!‹«

»Wohin denn ich« hat Marie Luise Kaschnitz den Gedichtband genannt, den sie nach dem Tod des geliebten Mannes veröffentlicht hat. Wenn wir diese Zeile benutzen, was wir oft tun, denken wir an diese Frau, an den ratlosen Schmerz derer, die übriggeblieben ist. Ich wußte nicht, daß sie Hölderlin zitiert. In dem Gedicht »Abendphantasie«, das Hölderlin mit neunundzwanzig schrieb, steht diese Frage: »Wohin denn ich«. Da sehnt sich ein junger unruhiger Dichter und endet sein Gedicht mit der Zeile: »Friedlich und heiter ist dann das Alter.« So war es nicht für Hölderlin, so ist es nur selten, aber so wünschen wir es uns: friedlich und heiter. Schon lange befindet sich Marie Luise Kaschnitz mit ihren Werken in der »Nekropole«, wo die Bücher der Klassiker alphabetisch geordnet stehen. Die Frage »Wohin denn ich« wurde durch den Tod beantwortet. Noch bist Du mit Deinen Büchern nicht zu den toten Autoren umgezogen, weg von den Zeitgenossen; es sind nur wenige Bände, und die Bände sind schmal. Eben habe ich nachgesehen, in wessen Nachbarschaft Du kommen wirst, nach einer Zeit der Bewährung – wenn dann noch Ordnung herrscht in der Bibliothek, Ordnung, die Du hergestellt hast. Du wirst zwischen Dylan Thomas und Tolstoi zu stehen kommen, wäre Dir das recht? Noch steht zu Deiner Linken »Die schöne Frau Seidenman«, zu Deiner Rechten Tourniers »Erlkönig« – und Du? Wo liegst Du? Wer ruht neben Dir? Vermutlich werde ich Dein Grab niemals sehen. Ich weiß nicht, ob es einen Grabstein gibt. Leicht müßte er sein, nichts, was Dich beschwert.

Bei der Neuausgabe jener Bücher von mir, die Du herausgegeben hast, mußten Deine biographischen Angaben ergänzt werden. Geboren 1961, gestorben 1993. Niemand übersetzt mir mehr die französische oder englische Korrespondenz; Du gingst über meine fremdsprachigen Unfähigkeiten hinweg. Ich vermisse Dich so sehr. Hat Dich der Umgang mit uns älter gemacht? Du hast uns viel von Deinem Jung-sein abgegeben.

Unter Deinen letzten Briefen steht »Dein (alter Freund) g. t.«. Das bist Du geworden, ein alter Freund. Du bist alt geworden. Du hast noch einmal Fotografien geschickt, ich sollte die neue helle Dachwohnung bewundern. Ich habe die Bilder weggelegt, weil ich es nicht ertragen konnte: der Kopf eines Greises, der doch eben erst dreißig war, aber: lachend. Was hattest Du zu lachen? Damals plante ich bereits die Herausgabe von Briefen an alte Freunde.

Ich lese in Deinen Gedichten, lese: »Ich wußte keine/ Fragen./Du/keine Antwort. So/war es gut./Aus der/ Ferne/beinah/scheint es mir/Glück.«

Das letzte Wort »Glück« weit abgerückt. Wortarme Gedichte, weite Lücken zwischen den Worten. Gestern abend sah ich Tabori auf dem Bildschirm, mit fünfundsiebzig Jahren erreichte ihn der große Theatererfolg. Auch er sprach von Fragen. Er sagte: »Die Antworten wechseln, die Fragen bleiben.« Auch das lakonisch, und auch das stimmt. Die Fragen bleiben.

Ich habe mir unser Gästebuch hervorgeholt und gelesen, was Du am zweiten Pfingsttag 1990 eingetragen hast. Die vorgedruckten Fragen, Deine Antworten. Auf die Frage, was das größte Unglück für Dich wäre, hast Du geantwortet: »Daß es keinen Gott gäbe.« Eine andere Frage lautet: »Wie möchten Sie sterben?« Und da hast Du geschrieben: »Zuversichtlich.« Wußtest Du damals schon Bescheid? Ich kenne das Datum nicht, oder habe ich es verdrängt? Lange Zeit habe ich es nicht wahrhaben wollen, habe aufgehört zu fragen. Wir, mein Mann und ich, wir bewegten uns selbst so nah an der Todesgrenze; Du hast uns oft Beistand geleistet. Warst Du, zuallerletzt, dann doch zuversichtlich? »Sein Gesicht wurde hell, die Qualen waren vorbei, er war erleuchtet.« So haben es mir die, die bis zuletzt bei Dir waren, berichtet. Du hast viel Hilfe erfahren, von Ärzten, Pflegern, dem Vater, Deiner geliebten jüngeren Schwester, die alles aufgab, um in dem letzten halben Lebensjahr bei Dir zu sein. Wir haben diese junge Frau sehr bewundert. Ich bin nicht gekommen. Ich war da nicht zuständig, ich bin hier zuständig. Nicht abkömmlich.

Deine Antworten im Gästebuch sind nicht immer ernst gemeint, bei Dir und bei mir gibt es auch den Halbernst, es ist ein schmaler Grat, auf dem man balanciert. Die Frage nach Deiner Lieblingstugend hast Du mit einem Brecht-Zitat beantwortet, das ich nicht kannte. Wo steht es, wen soll ich fragen? »Mag's, wenn Tugend einen Hintern, und ein Hintern Tugend hat.«

Endlich lese ich ein Buch von Philip Roth, diesem Amerikaner. »Mein Leben als Mann«. Du hast es mir vor Jahren bereits empfohlen, ich las damals einige wenige Zeilen, die mich abstießen, die ich brutal und obszön fand. Hatte ich mich geirrt? Das Brecht-Zitat ist bei ihm am Platz, die Sache wird beim Namen genannt, nichts scheint um des Effektes willen geschrieben, aber: Es ist eine Welt und eine Ausdrucksweise, die mir fremd ist. Ich muß wohl dankbar sein, daß nie jemand die Schutzhülle, unter der ich lebe, zu zerreißen versucht hat. Ich war und bin behütet.

Die erste Frage unseres Fragebogens heißt: »Was ist für Sie das größte Unglück?« Einmal heißt es »wäre«, einmal »ist«. Du hast geschrieben: »Das größte? Steht noch dahin.« War das eine Ahnung? Hätte ich, als ich in Deiner Gegenwart die Antworten gelesen habe, nachfragen sollen? Wir sind uns nie zu nahe gekommen. Liebevolle Distanz. War Dein Tod ein Unglück? Du hast gern gelebt! Und Du konntest es zeigen und aussprechen, das können nur wenige. Bei Deinen letzten Besuchen, als es Dir bereits schlecht ging und Du viele Medikamente schlucken mußtest, habe ich Dir morgens eine Tasse starken schwarzen Tee vor die Tür gestellt, damit Du besser auf die Beine kamst. Viel war das nicht. Ich wollte eine Nothelferin sein, Du brauchtest viele Nothelfer. Ich habe Dir – vor allem brieflich – die Hand in den Rücken gelegt, Du warst leicht, wurdest immer leichter. Ein Nichts an körperlicher Substanz, aber ein kräftiger Geist, der standhalten wollte, und immer: das Wunder! Wir haben an ein Wunder geglaubt, daran konnte uns keine Statistik hindern. Leben! Und nun: ewiges Leben. Du hast mich überholt. Das stand Dir nicht zu. Ohne es auszusprechen oder auch nur auszudenken, war sicher, daß Du der Verwalter des literarischen Nachlasses sein würdest. Ein wenig finanzielle Sicherheit konnte ich Dir auch zu Lebzeiten bieten.

Die erste Wespe traf in diesem Frühling schon im April ein. Wir saßen auf der Terrasse, aßen unser Abendbrot, da schwirrte sie bösartig hervor, und wie aus einem Mund: Gunther! Auch die Wespen erinnern uns an Dich. Sie schienen es immer auf Dich abgesehen zu haben, Du sprangst auf, schlugst um Dich, gestochen hat Dich keine, aber: Du fühltest Dich angegriffen. Seit Tagen brummen nun Wespen ums Haus, langsam fliegend, wohlbeleibt. Wir fragen uns, wo sie den Winter verbracht haben könnten, und: Was wollen sie bei uns? Mit einer Fliegenklatsche lanciere ich sie durch die Terrassentür, Tötungsabsichten hege ich nicht. Vor Tagen stand in der Zeitung, daß es sich um Königinnen handele, die einen Platz suchen, an dem sie Tausende von Eiern ablegen werden. Königinnen, nun ja, aber doch bitte nicht in unserem kleinen Haus, und möglichst auch nicht in dem kleinen Garten, den wir für uns benötigen.

Gestern traf ich gegen Abend einen Nachbarn auf dem Gartenweg. Er ging zum Parkplatz. Weiterhin fährt er zweimal am Tag auf den Friedhof, abends läßt er sich dort einschließen, benutzt später die Drehtür. Du kennst ihn, weißt, daß seine Frau schon mehrere Jahre tot ist. Gestern unterhielten wir uns ein wenig, über den Garten, den Friedhof. Er hat mir erzählt, daß er an jedem Tag seiner Frau einen Brief schreibt. Er sammelt diese Briefe in Mappen. Ein Tagebuch, gemeinsame Lebenserinnerungen, eigene, falls es die überhaupt noch gibt.

Es ist also nichts Ungewöhnliches, wenn man einem

Toten schreibt. »Briefe, die ihn nie erreichten«, das war einmal ein vielgelesenes Buch, lange vor Deiner kurzen Zeit. Georg Hensel, der Theater-Hensel der FAZ, Du kanntest ihn natürlich, hat jetzt seine Lebenserinnerungen herausgegeben, »Glück gehabt« – was für ein Titel! Vor einer großen Herzoperation hat der Chirurg zu ihm gesagt: »Alles andere steht in Gottes Hand.« Und wie kommentiert Hensel diesen Chirurgensatz: »Geht man über einen Friedhof, erkennt man, daß das ein gefährlicher Aufenthaltsort ist.«

»Was ich sagen wollte:

Mir ist aufgefallen,
daß ich jetzt näher dran bin.

Am Himmel.

So hoch bin ich noch nie hinausgekommen.«

Ich schreibe Dir Deine Gedichte! Warum? Du sollst wissen, daß etwas bleibt, ein paar Zeilen.

Sommer 1994 Deine altgewordene c. b.

Lebenslang eine Ostpreussin

Theuerste!
Gestern haben wir lange zusammengesessen und geplaudert, ich habe gefragt, und Sie haben Auskunft erteilt. Wir tranken ein kleines Glas Sherry, früher kochten Sie uns Tee, aber das macht Ihnen jetzt Mühe. Bewirtet werden muß der Gast, und es versteht sich, daß Sie ihn zum Fahrstuhl begleiten. Ein wenig Bewegung soll sein. Mitten in Ihrem schönen, zweckmäßig eingerichteten Wohn-Schlaf-Raum steht Emil. Emil nennen Sie das Gefährt, an dem Sie sich beim Gehen halten, mit dem Sie Ihre kleinen Einkäufe erledigen, auf den Sie sich notfalls setzen und ausruhen können; eine segensreiche Erfindung für alle Gehbehinderten. Sie haben sich lange und mit Erfolg gegen Behinderungen zur Wehr gesetzt, die Beschwerden heruntergespielt. Es gab Hilfe, vieles war möglich, kleine Reisen und: die Stunden am Schreibtisch.

Es kommt als weitere Behinderung jetzt Schwerhörigkeit dazu, ohne Hörgerät wird es schon bald nicht mehr gehen, noch genügt erhöhte Aufmerksamkeit. Ich spreche lauter als sonst, akzentuiere deutlich.

Manchmal bekomme ich eine sorgsam ausgewählte Karte von Ihnen. »Theuerste«, schreiben Sie, und zu hohen Anlässen steigern Sie die Anrede zu »Allertheuerste«. Das haben wir uns als Anrede angewöhnt, ein wenig Ironie klingt durch. Wir haben dann Malwida von Meysenbug im Sinn, die in Kassel geboren wurde, über die Sie in Wien Ihre Doktorarbeit geschrieben haben, zufällig habe ich das herausgefunden. Und als die Meysenbug-Gesellschaft gegründet wurde, machte man Sie zum Ehrenmitglied. Die jüngeren Frauen freuen sich, wenn Sie an den Sitzungen teilnehmen. Sie haben eine sehr entschiedene Art, Ihre Meinung zu sagen, da zweifelt so leicht keiner. Ich hingegen! Hört man nicht oft am Ende eines Satzes ein Fragezeichen? So vieles ist mir fraglich geworden.

Und dann rief gestern noch jener Freund an, der bereits einen meiner Freundesbriefe bekommen hat. Ich erkundigte mich, wie es ihm gehe, schließlich ist er Mitte Achtzig und sein Lebenswerk über die Kathedrale in Reims noch nicht vollendet. Er sagte: »Ich kann nicht klagen.« Was für ein Hilfszeitwort wird da benutzt! Nicht-klagen-können? Nichts-zu-klagen-haben? Für Sie und mich sind solche Formulierungen aufschlußreich. Sie waren eine Journalistin, haben eine Biographie geschrieben, Briefe herausgegeben. Die Sprache gehört zu unseren Binde-Mitteln.

Ihr Seniorenwohnsitz hat vor einiger Zeit eine neue Leitung bekommen, vieles muß jetzt modernisiert werden, über Pflegeversicherung wird verhandelt, es wird viel und zuviel von Geld geredet, nicht alle Bewohner sind wohlhabend, es ist die Kriegsgeneration, die jetzt alt wird. Die täglichen kleinen Ärgernisse sind ganz gesund, sie halten uns am Leben, so ähnlich haben Sie sich ausgedrückt.

Ich mußte mich rasch von Ihnen verabschieden, ich wollte in dem Delikateßgeschäft im Erdgeschoß noch etwas für unser Abendessen einkaufen. Es war bereits nach achtzehn Uhr, aber man behandelte mich freundlich und geduldig. Ich fand frische Erdbeeren und frische Milch, der Tag war warm, wir würden auf der Terrasse zu Abend essen können. Und als ich an der Kasse zahlen wollte, wurde ich liebenswürdig gefragt, ob ich neu im Haus sei.

Ich habe die Frage gar nicht gleich verstanden! Lachen Sie mich ruhig aus, Theuerste! Das Alter hätte ich ja, aber ich wußte nicht, daß man es mir auch ansieht. Alle Bewohner, die ich in den Anlagen und in der Halle sah, waren doch weißhaarig! Und ich –

Auf meinem Schreibtisch liegt ein Katalog. Ricarda Huch, eine Ausstellung im Schiller-Archiv, Marbach. Kaum hatte ich meinen ersten Roman geschrieben, soll ich behauptet haben, daß ich im Alter aussehen möchte wie Ricarda Huch. Habe ich den Wunsch, schreiben zu können wie sie, auch geäußert? Mag sein. Ein Vorbild war sie mir immer. Ich blättere, lese ein paar Zeilen. »Geh schlafen, mein Herz. Es ist Zeit.« Ich wollte, diese Zeile stammte von mir, aber so drückt man sich heute nicht mehr aus, so einfach. In welchem Alter wurde das Gedicht geschrieben? Noch zehn Jahre, dann hätte ich das Sterbealter der großen Ricarda Huch erreicht. Noch zehn Jahre? Will ich das denn?

Bei unserem Gespräch zitierten Sie einen Satz der Agnes Miegel. Wer mit Ihnen zu tun hat, bekommt es unweigerlich mit der »Mutter Ostpreußen« zu tun. Als sie vierzig Jahre alt war, der erste der Weltkriege gerade beendet, da schrieb sie in einem Brief: »Ich danke Gott, daß ich allein bin, dann trägt sich alles nur halb so schwer.«

Nein! Nein, Theuerste, da stimmen Sie nicht zu, da stimme ich auch nicht zu. Wieviel leichter wäre Ihr Anfang im Westen nach dem Zweiten Weltkrieg gewesen mit dem geliebten Mann an der Seite, mit dem Sie zwei von fünf Ehejahren zusammengelebt hatten und der als Leutnant am Ilmensee sein Leben ließ. Sie blieben mit zwei Kindern zurück. Die Flucht aus Ostpreußen! Ein

Leben lang sind Sie eine Ostpreußin geblieben. In Ostpreußen hat man ein stärkeres Heimatgefühl entwickelt, man war durch den Korridor vom Reich getrennt; den Ausdruck »Korridor« kennt kaum noch jemand; Fenster und Türen der Züge verriegelt, man fuhr durch Feindesland. Ein Weltkrieg verloren, der nächste verloren, dann hieß es nur noch »der deutsche Osten«, der »ehemalige deutsche Osten«, »Ostgebiete«. Die Bezeichnungen änderten sich, wie sich die Stimmungen änderten; auch kalte Kriege haben ein Ende. Königsberg hat eine deutsche Vergangenheit, die Gegenwart ist russisch. Annäherung muß nach fünfzig Jahren möglich sein.

Unter erbärmlichen Umständen haben Sie in Holstein ein neues Leben begonnen; der Doktortitel war eher hinderlich. Sie wurden eine Journalistin. Nach dem Zeilenhonorar habe ich nicht gefragt, das kannte ich aus eigener Erfahrung. Später erhielten Sie eine Rente, nach der Höhe habe ich ebenfalls nicht gefragt. Wenn es heute um Rentenerhöhungen geht, werden Sie manchmal an diese allererste Rente denken.

Ostpreußen heißt ein Stichwort Ihres Lebens. Ein anderes ist bereits gefallen: Agnes Miegel. Aus Ihrer respektvollen Bewunderung für die Dichterin, deren Ruhm in den zwanziger und dreißiger Jahren ständig wuchs, ist später Freundschaft geworden. Es blieb aber bei Respekt, verbunden mit Anerkennung und Treue, als der Ruhm der »Mutter Ostpreußen« verblaßte; nicht bei den heimatvertriebenen Lesern, wohl aber bei den Kritikern. Die Zeit der großen Balladen und der Heimatgefühle war vorbei. Ist vorbei. Für immer? Das weiß man nicht.

Bei mir steht ein schmaler Band mit den frühen Gedichten der Agnes Miegel, 1947 erschienen, vor der Währungsreform. Im Herbst 46 habe ich in Stuttgart Examen gemacht. Ich war dann eine diplomierte Bibliothekarin. Im Abschlußsemester habe ich an jedem Tag ein Buch gelesen, die Beschaffung der Bücher in weit entfernten unzerstörten Stadtteilbüchereien dauerte oft länger als die Lektüre. Der Altmeister der Volksbibliothekare, Erwin Ackerknecht, von dem man noch heute mit Hochachtung spricht, war Dozent für Weltliteratur, er mag damals siebzig Jahre alt gewesen sein. Wir Examenskandidaten waren Anfang Zwanzig. In jedem Kolleg sagte er: Das haben Sie auch nicht gelesen? Sie kennen Dos Passos nicht? Kennen Döblin nicht? Dostojewski? Doch, den Namen schon. Aber wann hätten wir denn lesen sollen? Als Rüstungsarbeiterinnen, Flakhelferinnen? Es gab nur Bücher von deutschen, nicht emigrierten Schriftstellern. Eines Tages war ich empört und habe gesagt: »Wenn ich an jedem Tag ein Buch lese, wie ich es jetzt tue, dann werde ich mit siebzig Jahren ebenso belesen sein wie Sie!« Ich habe vergessen, wie er reagiert hat. Bin ich heute belesen? Vermutlich nicht. Wer schreibt, liest weniger. Kann man das verallgemeinern? Oft lege ich ein Buch beiseite, weil die Machart mich irritiert und mich an der eigenen Schreibart zweifeln läßt. Das ist dann wohl Selbsterhaltungstrieb.

Und Sie! Sie sind eine Leserin geblieben! Sie gehen zum Literaturkreis im Wohnstift und sind dort gewiß eine gebildete und kritische Teilnehmerin. Es wird gelesen, was »man« zur Zeit liest, Neuerscheinungen. Lesen Sie jetzt »Sophies Welt«?

Mein eigenmächtiges Gedächtnis hat Bruchstücke von Gedichten der Agnes Miegel gespeichert. Oft sind es nur zwei Zeilen. Erinnern Sie sich? Es muß ein Gedicht über das Alter gewesen sein, geschrieben, als sie jung war.

»Wünsch mir dann ein Haus mit hohem Giebel«, sie hat es bekommen, ein kleines, bescheidenes Haus im Westen, als Gedenkstätte eingerichtet: mit hohem Giebel. Und Sie? Ihr Seniorenwohnsitz hat viele Geschosse und flache Dächer. Und wenn ich mir ein Altershaus wünschen dürfte, wie sähe es aus? Haben sich meine Wünsche in diesem kleinen Haus bereits erfüllt, das weder ein flaches Dach hat noch einen hohen Giebel, sondern ein Sägedach der fünfziger Jahre; das Glasdach verschafft uns lichte Innenräume, sonnendurchflutet, mondhell, bisher hat es allen Hagelschauern standgehalten. Erinnern Sie sich an Kühners Gedicht über das Glück? Sie reden ihn weiterhin mit »Herr Pummerer« an, obwohl er doch kein Pummerer mehr ist, aber seine Gedichte, dieses Gedicht, stimmt noch. Ich zitiere aus dem Gedächtnis:

»Pummerer liegt nachts in seinem Bett
und denkt: Ich liege nicht im Lazarett.
Draußen schneit's, und Heizöl ist im Tank,
duftendes Brot und Milch im Schrank.
Das Dach ist wasserdicht,
und Krieg ist auch jetzt nicht.
Er zieht die Beine ins Bett zurück
und denkt: Was wissen die Menschen vom Glück.«

Ach, Theuerste! Die Zeile »und Krieg ist auch jetzt nicht« gilt allenfalls für das westliche Europa. Durch alle Kanäle dringen die Kriege der Welt uns ins Haus, vor allem der Krieg in Bosnien, er ist uns am nächsten, da gibt es Erinnerungen an den Zweiten Weltkrieg, den die Deutschen verursacht haben. Vieles, was heute geschieht, geht auf unseren Krieg zurück. Eine Insel vor der dalmatinischen Küste war unser Ferienparadies in vielen glücklichen Jahren. Ich nahm die Insel als Schauplatz für ein kleines Theaterstück, es hat den Titel »Nema problema« – das stand auf Tonchis T-Shirt. Tonchi war unser Wirt und unser Freund. Angst lag bereits in der Luft. Wenn die Dunkelheit einbrach, hörte man Vogelrufe, die nicht von Vögeln ausgestoßen wurden; fragte man nach, hieß es: »Nema problema.« Es sollte eine Komödie werden. Man wird das Stück nicht spielen können, jetzt nicht. Aber wann? Auch hier sagt man ja leichthin »kein Problem«, als brauchte man nur alles leichtzunehmen. Ein Ausdruck, den Sie nie gebrauchen würden.

Es kommt mir viel an Lebenserfahrung, oft auch an Lebensweisheit aus den Briefen der Leser zurück. Da schreibt mir eine Frau, deren Mann früh, viel zu früh, gestorben ist, daß man von ihr sage, sie sei »sehr gefaßt«, anerkennend und bewundernd gemeint. Darüber habe ich nachgedacht. Sie schreibt dann weiter: »In unserem Sprachgebrauch klingt das Wort nach zusammenreißen, Selbstdisziplin oder, in Ihrem Sinne, ›Haltung, Johanna, Haltung‹. (Sie zitiert aus meinem frühen Roman »Die Zeit danach«.) Ich fühle mich aber gefaßt, angefaßt, gehalten, beschützt. Und dazu kann ich dann ja sagen. So gesehen bin ich wirklich gefaßt.« Mit »Shalom« endet dieser Brief.

Waren Sie »gefaßt«, als die Nachricht vom Heldentod Ihres Mannes eintraf? Ich denke: Ja, aber in einem ganz anderen, nennen wir es preußischen Sinn. Sie waren eine unter Millionen von Kriegswitwen. Der Tod war das Übliche, nicht das Besondere.

Wer in Gumbinnen und Insterburg aufgewachsen ist, dessen Leben wurde durch die Hierarchie des Beamtentums und die Hierarchie des Militärs bestimmt, so haben Sie es mir berichtet. Als ich Ihre Kinder kennenlernte, waren es längst keine Flüchtlingskinder mehr: ein hoher Jurist, wie es der Familientradition entsprach, eine angesehene Kinderärztin; beide haben die preußischen Tugenden geerbt, Erziehungsschwierigkeiten hat es nicht gegeben. Früh schon: Ernst des Lebens. Die Kinder rannten zum Bahnhof, um den Umschlag mit dem Manuskript der Mutter pünktlich aufzugeben. Von den Enkeltöchtern ist jetzt oft die Rede. Pläne. Vorhaben. Sie kommen zu lauten, anstrengenden und beglückenden Besuchen. Sie sahen mich an und sagten: »Ein Urenkelkind, das möchte ich wohl noch erleben.« Dieses Gefühl des Weitergebens von Generation zu Generation kenne ich nicht. Sie leben weniger in der Vergangenheit als andere Frauen Ihres Alters, Sie leben voraus mit den Kindern, den Enkeln, auch mit dem Weiterbestehen Ihres Wohnstifts, vermutlich auch Deutschlands.

Vor kurzem gab es eine Kaffee-Einladung, verbunden mit einer Hausbesichtigung. Schöner wohnen! Italienisches Design, hell und heiter. Treppen von einem Raum in den anderen, wenig Wände, alles durchgängig und zugängig, Innen und Außen kaum getrennt. Am richtigen Platz standen weiße Lilien, am richtigen Platz gelbe Rosen, und im gläsernen Anbau blühte der Oleander wie sonst, wenn auch staubig, an italienischen Landstraßen. Die Besitzer? Sie sind zehn Jahre jünger als wir, die Kinder aus dem Haus. Mit dem neuen Haus beginnt ein neues Leben, bei beruflicher Überbeanspruchung. Das Badezimmer! Die große Wanne in den Boden eingelassen. – Und was ist in zehn Jahren? Werden die Treppen ohne Geländer dann beschwerlich sein? Muß man alles frühzeitig bedenken?

Oder sollte man diese zehn Jahre in einem jungen Haus bedenkenlos genießen? Ach – es ist nicht leicht, mit einer Phantasie zu leben, die künftige Beschwernisse voraussieht. Die heutigen würden doch ausreichen. Wann ist es zu früh, sich auf das Alter vorzubereiten? Wie rasch kann es zu spät sein. Wie oft werden Vorbereitungen unnötig, weil der Tod früher zulangt.

Was für Gedanken schleichen sich in diesen langen Brief, Theuerste! Ich habe Sie bewundert, als Sie damals sagten: Ich werde bald in ein Heim ziehen. Die Haushaltsführung wurde Ihnen lästig, einige Beschwerden gab es. Aber: Sie waren frisch, tatkräftig und entschlossen, am Schreibtisch weiterzumachen, unter bequemeren Bedingungen. Es ging ja auch um den Nachlaß der Agnes Miegel. Sie fügten sich den Anordnungen einer Heimleitung mit der Ihnen angeborenen und anerzogenen Disziplin und einer Portion Widerstand, den ich manchmal wahrnahm.

Ionesco schreibt in seinen Tagebüchern, in denen ich manchmal einige Eintragungen lese, daß sein Therapeut ihm gesagt habe, wenn er sich erst einmal mit dem Sterben befreundet habe, werde er entspannt und ruhig sein. – Aber: Wie befreundet man sich? Manchmal lese ich in Leserbriefen vom »seligen Sterben«, von den letzten Monaten, Wochen, Stunden des geliebten Mannes. Diese Frauen möchten von ihren letzten Eheerfahrungen berichten und haben doch nur selten jemanden, dem sie davon erzählen könnten, der zuhört, der wissen will. Ich hebe mir diese Briefe auf, das liest sich dann so: » . . . die Pflege war körperlich schwer, aber diese letzten Jahre haben uns noch mehr miteinander verbunden, und ich bin unendlich dankbar, daß ich ihn bis zum letzten Atemzug hier zu Hause haben konnte. Meine Angst vor der Abschiedsstunde war sehr groß – aber es war, als ob die Seele gen Himmel stieg, er schloß seine Augen, und um ihn war ein wundervoller Frieden. Nun erinnern mich seine Enkel und Urenkel immer wieder an ihn.«

Ich bin begierig, von solchem Sterben zu hören. Es hat sich bei uns vieles verschlimmert, ich werde nichts darüber berichten. Mit Ihnen habe ich über das Leben gesprochen, nicht über das Sterben, nicht über den Tod. Sie sind an den Umgang mit Toten gewöhnt, sie gehörten zu Ihrem Alltag beim »Volksbund Deutsche Kriegsgräberfürsorge«. Sie waren eine berufstätige Frau geworden mit einer festen Anstellung in einer Männerwelt, in der damals vornehmlich entlassene, kriegsbeschädigte Offiziere arbeiteten. Die Journalistin erhielt das Pressereferat, im Hausgebrauch nannte man das GG, Geistige Grundlagen, für die Sie zuständig waren.

Als ich mich entschlossen hatte, meine pommersche Romanheldin Maximiliane, ebenfalls eine Kriegswitwe, in dieser Bundesgeschäftsstelle arbeiten zu lassen, haben Sie mir Zugang zu den Unterlagen verschafft. Maximiliane Quint hatte sich um Umbettungen der Gefallenen zu kümmern, um Identifikation. Aber sie war nicht geeignet, wie Sie es waren.

Wie viele Fahrten zu deutschen Soldatenfriedhöfen haben Sie organisiert! Das ging von Norwegen bis Afrika, von Narwik bis El Alamein, Italien und immer wieder Frankreich. Sie erzählten, daß Sie aufmerksam die Berichte über den fünfzigsten Jahrestag der Invasion verfolgt hätten, hoffend, daß Sie auch Ihren Friedhof nahe Caen zu sehen bekämen. Erinnern Sie sich, daß Mosche Quint sich in den späten siebziger Jahren aufgemacht hat und den Lebensweg seines Vaters verfolgen wollte, der ein Nazi war? An einem sechsten Juni stand Mosche Quint an der normannischen Küste und versuchte zu empfinden, was sein Vater bei der Invasion empfunden haben könnte; der Vater wurde verwundet, kam ins Führerhauptquartier Berlin und ist dort verschollen; von keinem vermißt, auch nicht von seiner Frau. Wie anders geht es in Romanen zu, und doch sind auch diese Schicksale glaubwürdig. Sie haben sich nie zu Maximiliane geäußert, Kriegswaise und Kriegswitwe, Mutter von fünf Kindern, und was tat sie? Suchte und fand Liebe in Männerarmen und gab sie an ihre Kinder weiter. Ich war und bin bestrebt, meinen Romanfiguren auch etwas an Lebensglück zu verschaffen; daß sie in Kriege und Notjahre geraten, kann ich nicht verhindern. Ich habe Sie nie gefragt, aber ich weiß die Antwort. Sie waren und blieben eine Witwe, die zwei Kinder zu versorgen und zu erziehen hatte. Etwas anderes war für eine Ostpreußin nicht denkbar.

In unserem letzten langen Gespräch haben Sie mir erzählt, daß Sie mehrmals die Inschriften für die Gedenkstätten der Toten verfaßt haben. Jedesmal fiebrig, bevor der gewichtige Satz dann in Bronze oder Eisen gegossen werden konnte und für alle – für alle? – Zeiten an die Toten in fremder Erde mahnt. In El Alamein hat man angefragt, ob die unbekannten Toten, Ägypter, Engländer – wer kennt die Völker, zählt die Namen –, auf diesem deutschen Soldatenfriedhof bestattet werden dürften. Ihr Satz steht nun in vielen Sprachen dort, hebräisch, ägyptisch ...

Vor Jahren sind Sie mit der Tochter in Rußland gewesen, Moskau, St. Petersburg, das noch Leningrad hieß. Sie haben mit allen Mitteln versucht, das Grab Ihres Mannes zu finden, es wurde nicht gestattet. Der Rückflug ging über den Ilmensee, Sie haben die östliche Bucht gesehen, das mußte genügen.

Ach, Theuerste, Allertheuerste! Was für ein langes Leben und nun: Shalom!

Sommer 1994

»Es kommt noch schöner, Chris!«

Dear Sigrid,
ich habe vor, einen der »Briefe an alte Freunde« an Sie zu richten. Ein neues Projekt! Ihr Geburtstag kommt mir gerade recht! Sie sind, auch wenn Sie nun sechzig Jahre alt werden, keine alte Freundin, mit Sechzig wird man nicht alt, ich weiß da Bescheid. Aber unsere Freundschaft ist alt, währt sie drei Jahrzehnte oder mehr? Wie viele Aktenordner mit meinen leichten blauen Briefen stehen bei Ihnen? Wie viele mit Ihren Briefen bei mir? Als ich sechzig wurde, erschienen Aufzeichnungen unter dem Titel »Mein schwarzes Sofa«. Ich gab Rechenschaft über meine Fünfzigerjahre, mein bestes Lebensjahrzehnt ging zu Ende. Die »Poenichen-Romane« hatten meinen Namen bekannt gemacht. Das »Schwarze Sofa« wurde in Frankfurt auf der Buchmesse präsentiert, die Autorin gefeiert. Sie waren dabei! Eine ganze Reihe meiner Lektoren war anwesend. Sie waren eine meiner ersten. Als der Verlag noch in Frankfurt residierte und Sie eine Frankfurterin waren. Welche Romane, welche Erzählbände haben Sie lektoriert? »Die Zeit danach« oder »Die Botschaften der Liebe«, diese Anthologie moderner Liebeslyrik mit dem schönen altmodischen Titel? Wichtig waren diese Lektorenjahre für Sie wohl nicht, sonst wären Sie nicht so rasch und gern dem Ruf nach Oberlin/Ohio gefolgt. Kaum waren Sie dort ansässig und am College tätig, setzte Ihre Werbekampagne ein. Kommen Sie! Ich zeige Ihnen die Vereinigten Staaten! Wir brauchen Monate! Sie waren hartnäckig, ich leistete Widerstand, es gab jemanden, der mich in Düsseldorf hielt. Als es den nicht mehr

gab, erklärte ich mich bereit. Ich erwarb einen VW und ließ ihn auf USA-Reife umbauen und einschiffen. Unser kleiner weißer Käfer nahm den Seeweg, ich nahm ihn auch. Ich ging in New York an Land, das Auto in Cleveland. Ein Amerika-Buch war geplant, ich wollte über die Landschaften schreiben, über Wüste und Prärie, über die Rocky Mountains. Amerika mit den Augen einer deutschen Schriftstellerin, aber auch mit dem Auge einer Kamera. Wir fotografierten um die Wette, beide mit einer Rolleiflex ausgestattet, beide mit einer Reise-Olivetti. Ich war ausgezogen, um Amerika zu erobern, aber Amerika besiegte mich, erschlug mich, das Buch blieb ungeschrieben. Später entstand dann ein Essay »Mein amerikanischer Traum«, und darin tauchen Sie auf:

»Eine junge Professorin für deutsche Literatur am College in Oberlin/Ohio wollte ihrer ehemaligen Autorin beweisen, warum sie Amerika liebt. Wo ich auch stand, atemlos und überwältigt, auf den größten Dünen der Welt am Michigansee, vor den Geysiren im Yellowstone Park, am Crater Lake in Oregon, den die Entdecker den ›sehr blauen See‹ nannten, immer sagte sie: ›Es kommt noch schöner, Chris!‹ Bis wir dann am Grand Canyon standen, da sagte sie: ›Ich glaube, jetzt wird es nicht mehr schöner.‹«

Sie fuhren den Wagen, ich besaß nicht einmal einen Führerschein. Wie viele hundert Meilen am Tag? Manchmal fuhren Sie »fahrlässig«, dann gab ich Gas vom Beifahrersitz aus. Wenig Verkehr auf den Highways durch die Prärie. Wir machten literarische Spiele, eine ließ die andere Anfangs- und Schlußsätze berühmter Romane raten, wir zitierten Gedichte. Ich vermied es, mein schlechtes Schulenglisch zu benutzen. Für die Parties lernte ich aparte Antworten auf die stereotype Frage: »Did you enjoy America?« Niemand erwartete aparte Antworten, statt dessen Zustimmung. Sie kannten die Professoren der German Departments, führten mich vor. Aber von dieser deutschen Schriftstellerin war noch kein Buch in den USA erschienen, die »Ungehaltenen Reden ungehaltener Frauen« standen noch nicht auf den Lehrplänen, wurden erst zwanzig Jahre später geschrieben. Ich kam aus der BRD und nicht aus der DDR, einem sozialistischen Land, was soviel interessanter gewesen wäre. Man nannte uns girls und nannte uns kids; je weiter wir in den Westen kamen, desto jünger wurden wir. Damals waren wir fast gleichaltrig, beide mit schwarzen Locken ausgestattet. Das Theaterpublikum war retired, war weißlockig. Als wir in La Jolla, California, ins Theater gingen, um »Frankie« zu sehen, ein Stück von Carson McCullers, die ich noch immer sehr schätze, da starrte ich in der Pause in die Spiegel des Foyers und war überzeugt, nun ebenfalls weiße Locken zu haben. In Kalifornien hatte ich längst meinen Nachnamen verloren und die Hälfte des Vornamens auch. Ich verwandelte mich in eine Chris, trug Turnschuhe und Jeans, was damals nicht üblich war, wohl aber praktisch für zwei early riders. Wir riefen »Eureka«, als wir den Pazifik am gleichnamigen Ort erreichten, das hatten Sie alles wohl überlegt. Wir reisten auf der One-O-One, statteten dem Wohnsitz des Thomas Mann einen Besuch ab, er war Ihr Idol, ist er das noch? Wir waren auch in Big Sur, aber Henry Miller weilte in Europa. Wir waren in Sun Valley/Idaho am Grab Hemingways.

Ich las mit Mühe während der Reise Günter Grass' »Hundejahre« auf deutsch und Steinbecks »Travels with Charley« auf englisch und mit Vergnügen. Wir sahen

Stücke von Albee und Bond, nahmen an einem Shakespeare-Festival in San Diego teil, es hat an nichts gefehlt, es war nur alles zu groß, zu imposant. Nachdem wir den Süden Kaliforniens verlassen hatten, glich unsere Reise einer Fieberkurve. Arizona! Warum nicht Texas? Warum nicht mit Strickleitern in die hohen Dattelpalmen steigen? Davon gibt es eindrucksvolle Bilder! Und immer das Gefühl: Hier komme ich nie wieder hin.

Ach, der Grand Canyon! Pathétique, habe ich gesagt, nonstop Pathétique. Ich lasse mich nicht gern überwältigen, das wird es sein. »Mein amerikanischer Traum« endet mit: »Ich hörte auf zu schreiben, kein Wort mehr. Ich nahm nur noch auf, jeder Augenblick, jeder Atemzug: Amerika. Bis zur Erschöpfung.«

Zehn Jahre später dienten mir dann die Vereinigten Staaten als Schauplatz. Ich ließ Romanfiguren nach Amerika reisen, ihre Erfahrungen gleichen nicht meinen, außer in dem einen Fall. Maximiliane Quint steht am Pazifik und sagt: »Was tue ich hier? Ich bin doch aus Poenichen«, und das lag in Hinterpommern. Ähnliches hab ich gedacht oder gesagt. »Was tue ich hier, ich bin doch aus Schmillinghausen«, das ist ein kleines Dorf in Waldeck. Als Sie, viel später, über die Autorin c. b. geschrieben haben, sind wir zusammen hingefahren, und Sie haben sich angesehen, woher ich stamme.

»Dear Chris« steht seit dieser Reise über Ihren Briefen, die seltener kommen, aber dafür länger geworden sind, auch inhaltsreicher, welthaltiger. Befinden Sie sich zur Zeit auf jenem Island, auf dem Clinton Ferien macht? Von Presse und Polizei gestört? Oder verwechsele ich die Namen der Inseln? Ihre Insel liegt vor der Ostküste, nicht weit von Amherst entfernt, wo Sie nun eine namhafte

Germanistin sind. Manchmal haben Sie gelockt: Chris! Den Osten Amerikas kennen Sie noch nicht, der wird Ihnen gefallen.

Seit Jahren bekomme ich Computer-Briefe von Ihnen, ohne den kleinsten Tippfehler. Ich erinnere mich mit Vergnügen an die Zeit dieses Computer-Flirts, den es auch bei Ihnen gegeben hat; ich beobachte ihn bei vielen Professoren. Ich dagegen bin zu meiner alten mechanischen Maschine zurückgekehrt; Electra, meine elektrische Schreibmaschine, fiel von einer Krankheit in die andere. Soeben stelle ich fest: Die neue alte Maschine heißt Olympia, stammt also auch aus der Antike. Man wollte mich zu einem Computer-Benutzer bekehren, aber solange ich kein Buch gelesen habe, das – weil auf einem Computer geschrieben – besser ist als alle früheren, bleibe ich hartnäckig. Ich muß nicht mit den neuesten Techniken beweisen, daß ich auf der Höhe der Zeit bin. Das bin ich ja auch gar nicht. Die Höhe der Zeit hat viele Untiefen.

Sie haben sich frühzeitig für das Alleinleben entschieden. Sie sind, wenn ich's bedenke, eine der wenigen Singles, die mich überzeugen. Sie leben diszipliniert, das Nötige an Sport, Schwimmen, Skilaufen, Tennis, auch das Nötige an Ferien und immer dort, wo Sie wissen, daß Sie sich erholen werden, an Büchern im Gepäck wird es auch dort nicht fehlen. Ihr Arbeitspensum ist beachtlich. Damals, als wir zusammen reisten, träumten Sie noch von einem Haus am Ammersee. Davon ist nicht mehr die Rede, auch nicht mehr davon, ob denn nun USA auf Lebenszeit; das ist entschieden. Ihr Haus steht am Pease Place in Amherst und hat die richtige Größe. Es muß Laub geharkt werden und Schnee geschaufelt; das lese ich in den jeweiligen Jahreszeiten. Zeichen von Seßhaftigkeit. Sie achten auf Ihren Cholesterinspiegel, essen und trinken mit Bedacht. Sie sind allein verantwortlich für Ihre Gesundheit. Regelmäßiger Besuch des Zahnarztes! Ich gehe leichtfertig mit mir um, ich kann mich nicht um zwei Gesundheiten kümmern; noch wurde ich für meine Achtlosigkeit nicht bestraft.

Ihre Tages- und Arbeitseinteilung konnte ich beobachten, als Sie monatelang in Kühners Atelier wohnten, umgeben von meinen Büchern und vielen Akten, um über Ihre ehemalige Autorin zu schreiben. »Das Werk und seine Leser«, dieser lange Aufsatz steht nun auch in dem Band, der in die Werkausgabe einführt, zwanzig Bände sind vorgesehen. Freue ich mich darüber? Beunruhigt es mich? Mußte das zu Lebzeiten sein?

Zum Abschied schenkte Ihnen Kühner ein Bild. Wir haben gemeinsam »Jerusalem, Choveve Zion Street« für Sie ausgesucht, ein helles Bild mit wenig Blau und wenig Gold, mich erinnert es an die hochgebaute Stadt, die Sie sich schon einige Male als Arbeitsplatz gewählt haben, wenn es um Else Lasker-Schüler geht; darum geht es nun schon seit Jahrzehnten. Sie sind eine Expertin, ebenso für Annette Kolb, bei beiden Frauen ist alles, Leben und Werk, soviel übersichtlicher als bei dieser c. b., die sich für ein Leben zu zweit entschieden hat. Alles habe ich doppelt bekommen: das Glück, die Freude, die Sorgen, die vielen Sorgen um den, den ich liebe, mehr als mich selbst. Wenn ich diesen Brief beendet habe, werde ich wieder in die Klinik fahren. Wieder hat man ihn operiert, die fünfte Kopfoperation, gutartig, aber lebensbedrohend. Wir machen uns ein weiteres Mal auf den langen Weg der Genesung. Weiter-leben heißt das Motto, hieß es schon oft. Es wird auch diesmal zwei Motti geben, Weiterschreiben heißt das andere.

Dear Sigrid! Ich war Ihnen immer ein Dutzend Jahre voraus, nicht immer hat man das so deutlich gemerkt: Es geht mit Sprüngen voran und vorüber, dieses Leben. Kühner hat sich am Abend vor der Operation mit einem Lächeln von mir verabschiedet, und als er nach der langen Narkose erwachte und sehr langsam zu sich und zur Welt zurückkehrte, hat er gelächelt. Sie kennen das Lächeln dieses »Pummerer«, von dem es heißt, er sei mit Morgensterns Palmström verschwägert. Er hat lange Zeit mit dem, was er »grotesken Humor« nennt, die Leute, die lesenden Leute, zum Lachen gebracht über die Dinge der Welt, die auch zum Weinen wären. Sie haben Sinn für seine Art zu schreiben. Sie nennen ihn »Herr Pummerer«. Er kann Ihnen keine Grüße schicken. Aber wenn erst der Allerseelentag da ist, ein Geburtsdatum, das sich leicht einprägt, dann wollen wir beide herzlich an Sie denken!

Was werden Sie in dem neuen Jahrzehnt alles zum Abschluß bringen! Aus dem Brief an Sie ist ein Brief über Sie geworden. Es gibt so viele Berührungspunkte, einige Jahre gehörten Sie ja auch zu unserem Stiftungsrat: »Kasseler Literaturpreis für grotesken Humor«. Wie viele Rollen haben Sie in meinem Leben gespielt: die Lektorin, die Reisegefährtin, die Wissenschaftlerin, die sich kritisch über die Autorin äußert, die Rezensentin meiner Bücher. Bisher haben immer Sie über mich geschrieben, diesmal ist es umgekehrt. Als Sie von der geplanten Werkausgabe erfuhren und daß es auch einen Band mit Briefen an Verleger, Freunde und Leser geben soll, haben Sie mit »Planen Sie mindestens drei Briefbände« reagiert, was diese femme de lettres erfreut und auch geehrt hat!

Sie sind zielstrebig, Sigrid! Sie werden noch viel erreichen, davon bin ich überzeugt, schicke aber trotzdem Wünsche und die herzlichsten Grüße!

Herbst 1994 Ihre Chris

Das Mögliche möglich machen

Liebe Hallenser Freunde!
Die Anrede stimmt nicht, »alte Freunde« sind Sie nicht. Wie hätten wir uns denn kennenlernen sollen, Sie in der DDR und ich in der BRD? Später stellte sich heraus, daß Sie einige Bücher von mir kannten, aber der Autorin zu schreiben wäre nicht ungefährlich gewesen. Briefe von »drüben«, später aus der »Ehemaligen«, habe ich sorgfältig und herzlich beantwortet, zumindest war das meine Absicht. Der erste Brief einer gewissen Lore St. wurde 1990 in einem Dorf nahe dem Todesstreifen zwischen unseren Ländern geschrieben, immer noch aus dem Osten in den Westen; von Zeiss-Gläsern war die Rede, mit denen Jürgen und Lore St. im Urlaub in dieses ferne nahe Feindesland geblickt hatten, das für sie unerreichbar war. Die Schrift gefiel mir, der Ton zwischen Freude und Trauer gefiel mir, weltanschauliche Trennungen wurden übersprungen, Bücher und Musik dienten zur Verständigung, und dann: Halle, das war das Stichwort. Eine kurze, wichtige Spanne meines Lebens habe ich in Halle verbracht.

Ich schreibe diesen Brief an jenem Sonntag, an dem man in Sachsen-Anhalt die Landesregierung wählt. Inzwischen kenne ich das vorläufige Endergebnis. Die Wahlbeteiligung lag bei 54 Prozent. Ich will Ihnen keinen politischen Brief schreiben, ich werde mich nicht über die Gefahren einer großen Koalition äußern, aber: Warum geht man nicht zur Wahl? Jetzt, wo man es darf? Wo Veränderungen Verbesserungen bedeuten können, darin liegt doch der Vorzug der Demokratie. Der Sommertag ist schön, man hat ihn wohl lieber in seiner Datscha verbracht. Ich bin unwillig! Und habe bisher doch viel guten deutsch-deutschen Willen bewiesen; mein Vorrat ist noch lange nicht aufgebraucht. Nun schreiben Sie mir bitte nicht in Ihrem nächsten Brief: Wir waren ratlos, wir haben auch nicht gewählt!

Sie kannten mich ein wenig aus den Büchern, ich mußte hin und wieder nachfragen, und immer haben Sie mir bereitwillig Auskunft gegeben. Geburtsort: Darkehmen, da weiß man Bescheid, Ostpreußen. Die Mutter eine eingewanderte Hugenottin, die wie eine Südfranzösin aussah, zumindest behaupten Sie das. Schulferien in den Wäldern der Rominter Heide und an den Masurischen Seen. Wie schön klingt das! Wäre da nicht das Geburtsjahr, das voraussagt, daß ein Ende der Idylle abzusehen ist. Der Zweite Weltkrieg, die Flucht. Eine Mutter mit drei Kindern, der Vater früh gestorben, am Ende noch eine Verwundung, die aber die baldige Entlassung aus der Kriegsgefangenschaft bewirkte. Notabitur.

Schon unterbreche ich den Lebenslauf dieses Jürgen St. In meinem Fall holte ein weitsichtiger Direktor seine künftigen Abiturienten aus den Kriegseinsätzen nach Fulda, wo wir in drei Fächern flüchtig geprüft wurden und ein Abschlußzeugnis bekamen, das uns die Universitätsreife verschafft hat. Glück gehabt! Sie landeten in Halle, Martin-Luther-Universität, Theologiestudium mit dem Schwerpunkt Kirchengeschichte. Ihre schöne Frau ist aus Schlesien geflüchtet. Zwei Habenichtse. Sie studierte Pharmazie, ebenfalls in Halle. Hätten wir uns damals schon treffen können? Bei den Samstag-Abend-Konzerten in der Marktkirche? Wir hätten uns auch beim Felddiebstahl treffen können, nicht nur in den Bibliotheken. Kartoffeln, Äpfel. Alles, was eßbar war. Oben auf den Eimer legten wir ein paar Dolden Holunder; sobald ein Feldhüter auftauchte, hängte ich mir den schweren Eimer in die Beuge des Ellenbogens, leichthin.

Aber, ich lernte Lore und Jürgen St. erst nach der Wende kennen. Als aus dem Studenten lange schon der Archivleiter und der Leiter der Bibliotheken der Franckeschen Stiftungen geworden war. Von den Franckeschen Stiftungen war in meinem Elternhaus oft die Rede. Ein Plan reifte. Ein Projekt. Ein Jahr später standen wir zu viert in der Menschenmenge, als das Denkmal Franckes, ein Werk von Christian Daniel Rauch, meinem Landsmann aus Arolsen, sorgsam restauriert, enthüllt wurde. An dem weißen Laken zog von einer Seite der Oberbürgermeister Ihrer Stadt, von der anderen ich, beide in Denkmalenthüllungen ungeübt. Es war festlich, war auch heiter.

Was haben diese Franckeschen Stiftungen alles überlebt! In welchem Zustand befanden sie sich nach vierzig Jahren Diktatur und vorher der Nazi-Diktatur! Im Archiv, in der reichen Bibliothek steckt Ihre Lebenskraft, lieber Hallenser Freund. Neulich haben Sie mir geschrieben, daß Besucher aus 51 Ländern Ihre Bibliothek benutzt haben. Es handelt sich da offensichtlich um eine dieser Nischen, von denen oft geredet wird, tadelnd und lobend. Die Deutsche Demokratische Republik hat sich nach vierzig Jahren Mißwirtschaft und Angstausübung selbst zerschlagen –. Merken Sie meine Unsicherheit? Wie kann ich als Außenstehende denn über vierzig Jahre Ihres Lebens schreiben, was auch urteilen hieße? Die FAZ schreibt heute in einem kurzen Kommentar von einem »wirtschaftlichen Schrotthaufen«, schreibt: »die Stasi-

Krake umklammerte die Gesellschaft«, schreibt von »rotgefärbtem Biedermeier«, das den westdeutschen Linksterroristen Flucht- und Ruheraum bot. Das klingt hart, mitleidlos, so kann ich nicht denken. Ich kenne viele Menschen im ehemaligen Drüben, die ich gern habe, Sie gehören dazu.

Der Brief blieb liegen. Ich schrieb inzwischen andere Briefe. Die kurzen, täglichen, es mußten Korrekturen gelesen werden. Von Protestwählern haben Sie geschrieben, »die erwarten, daß ihnen der Aufschwung Ost in den Schoß fällt, die vergessen, wem sie die Zustände im Land verdanken«. Den Ausgang der Wahl kennen wir nun. Vorhin ging ich zum Postkasten, und – unerwartet! – wehte mir der Wind den Duft der blühenden Linden zu. Ist die Linde mein Baum? Habe ich die Vorliebe für Lindenbäume von Maximiliane von Quindt übernommen, das passiert mir ja leicht; ich lebe das Leben meiner Romanfiguren weiter ... Eine Lindenallee führt in Kassel zum Schlößchen Schönfeld, dort machen wir oft unseren Abendspaziergang. Die Allee ist breit und festlich, es fahren Autos, aber nicht zu viele, der Gehweg wird selten als Radweg genutzt, man umfährt die Fußgänger in weitem Bogen, die Hunde werden an der Leine geführt. Es wohnen hier ordentliche Leute, die meisten grüßen uns. Manchmal setzen wir uns auf die Schloßterrasse, trinken einen Campari oder ein Glas trockenen Weißwein, reden von italienischen Sommern, blicken zum Herkules und fühlen uns wie verreist. Wir haben jetzt die für uns angenehmste und zuträglichste Form des Reisens entdeckt, wir lassen reisen. Wenn Freunde von ihren Plänen berichten, werden sie ersucht, uns nach der Rückkehr recht bald zu besuchen. Wohin hat man uns in diesem Jahr bereits geführt! Auf einen Luxusdampfer mit Namen »Princesse de Provence«, auf Saône und Rhône, die Außenwand der großen Kabinen aus Glas, man fuhr im Sessel nach Avignon und Aix. Wir waren in einem Forsthaus an der Südküste von Rügen, als der Ginster blühte. Aber wir waren auch in Honolulu! Und dann die alternative Wanderung auf Kreta. Sanfter Tourismus. Man stieg durch Felsschluchten und Wildwasser, die Sonne prallte, und die Pfade waren für Eselhufe gedacht. Die Freundin sagte: »Als wir den Gipfel erreicht hatten, dachte ich, hier bringt mich nur ein Esel mit Blaulicht wieder weg.« Wir haben Abende an mecklenburgischen Seen verbracht, aber wir waren auch auf Lanzarote. Man macht uns diskret auf Staus auf Autobahnen aufmerksam, Insektenplage, Fluglotsenstreik, Massentourismus. Dann hören wir den Unterton: Seid froh, daß ihr in eurem Garten bleiben könnt! Und wir sind froh. Alles hat seine Zeit, sagt der Prediger, das Reisen hat seine Zeit, das Zuhausebleiben hat seine Zeit.

Sie haben ein Lindenblütenfest in den Franckeschen Stiftungen gefeiert? Alte Traditionen werden wiederbelebt. Wie gerne wäre ich dabeigewesen! Es fanden Dichterlesungen statt, aber die Autoren aus dem Westen sind wenig bekannt, es kamen kaum Zuhörer. Jedes Buch muß sich seine Leser erobern.

Vor wenigen Tagen sprach ich mit einem jungen Mann aus Gera. Er sagte: Was nutzt mir die Freiheit, wenn ich kein Geld habe? Ich war zu müde, um ihm überzeugend schildern zu können, wie meine erste Freiheit ausgesehen hat nach dem Krieg. Ich besaß einen Rucksack, wir machten uns zu Fuß auf den Weg, manchmal nahm uns ein Lastwagen ein Stück mit. Wir schliefen im Heu, einmal auch in einem Kloster, das war am Bodensee. Wir waren in der Schweiz! Unerlaubt! Es waren glückliche und abenteuerliche Reisen. Wir haben Kirchen besichtigt, waren in Museen, Felddiebstahl – es war kein Krieg mehr. In dieses gelangweilte Gesicht konnte ich davon nichts sagen.

Von wem stammt denn der Satz, daß zusammenwachsen soll, was zusammengehört? Ein Kanzlerwort? Nach fünf Jahren will niemand mehr etwas von »zusammenwachsen« hören. Knochen müssen nach Brüchen zusammenwachsen, was zumeist nur operativ möglich ist. Wie wäre es, wenn wir das Wort in seine Bestandteile halbierten? Wenn wir zusammen wachsen? Ich meine weder Größe noch Macht dieses vereinten Deutschlands, ich wünsche mir jeden einzelnen Bürger verantwortungsbewußt, auch dankbar, den Blick auf ein mögliches Europa gerichtet. Wir haben so wenig Ziele! Wir haben immer nur Wünsche und Ansprüche, und dann haben wir auch noch unsere Skepsis!

Am Tag nach der festlichen Denkmalenthüllung gab es noch einen Autorenabend für die beiden Schriftsteller aus dem Westen. Trotz des anhaltenden Regens kamen viele Leser und künftige Leser; wir zogen in den größeren Händelsaal um, Kühner las zum Schluß heiter-groteske Lyrik. Befreiendes Gelächter. Anschließend saß man in kleinem literarisch interessierten Kreis in einer Weinstube zusammen, das ist hier und dort so üblich. Wissen Sie, was mir damals auffiel? Alle Gäste, außer uns, tranken Wasser oder Saft. Mir schien, als beobachte einer den anderen, keiner traute sich, ein Glas Bier oder ein Glas Wein zu trinken. Alkoholverbot für Autofahrer, das akzeptiere ich. Da ich ein Weintrinker und kein Autofahrer bin, fällt mir das leicht. Ich wurde die Kontrolle untereinander gewahr. Wir müssen aufhören, uns gegenseitig zu beobachten und zu belauern und uns weiterhin in zwei Sorten Deutsche zu sortieren.

Der Morgen fing düster an. Der Himmel lastete schwer auf den Schultern, dann regnete es. Sommer-Melancholie stieg auf. Am späten Nachmittag schluckte die Sonne eine Wolke nach der anderen, schob sie hinter die Berge. Und um den Abend wird es licht sein! Da höre ich meinen Vater, der sagte das oft, er wird den Satz im übertragenen Sinne gemeint haben. Der Abend des Tages, der Abend des Lebens, der Abend der Welt. Noch ein Jahr, dann habe ich sein Lebensalter erreicht. Er war rasch gealtert, er wurde leidend. Auch heute noch denke ich, daß seine wahre Todesursache die Nazi-Diktatur war, unter der er nicht leben konnte. In den letzten fünf Jahren durfte er nicht mehr predigen, durfte nicht mehr sagen, was er dachte. Im Herbst 1939, am Tag des Kriegsausbruches, hat er begonnen, seine Lebenserinnerungen zu schreiben. Es blieb ihm dafür ein Jahr. Es steht auf den Zeilen nichts, was die Geheime Staatspolizei nicht hätte lesen dürfen – zwischen den Zeilen viel. Er war ängstlich. Wir hatten einen Reichsarbeitsführer im Haus wohnen, vor dem wir uns fürchteten. Vor dem Tod hat mein Vater sich nicht gefürchtet. Und in Ihrem Haus, wie sah es da aus? Nur einmal stand in einem Ihrer Briefe der Ausdruck »rote Socke«. Mußten Sie sich fürchten?

Ich vergleiche meinen Lebenslauf mit dem meines Vaters. Er hat zwei Kriege erlebt, an keinem teilgenommen, ein Landpfarrer, der Bekennenden Kirche angehörend. Ich bin in die Diktatur hineingestoßen worden, ein Kriegseinsatz nach dem anderen. Aber dann habe ich das

Ende dieses Dritten Reiches erlebt und an das Wunder einer Welterneuerung geglaubt. Jetzt lebe ich schon lange in einer Demokratie, die Begeisterung nicht gedeihen läßt. Ich darf schreiben, was ich meine, schreiben zu müssen. Ich fühle mich nicht alt, in jenem Sinne, wie mein Vater alt war. Mit ein wenig Koketterie schreibe ich jetzt manchmal unter meine Briefe, daß ich mich aus dem Leben hinausschreibe. Auf Widerspruch hoffend!

Ohne mein Wissen sind Sie vor einigen Jahren in mein Heimatdorf gefahren, haben sich die Kirche, das Pfarrhaus, den Friedhof angesehen, es hat geregnet, und es war kalt. Ich werde immer wieder schreiben: Kommen Sie! Dann fahren wir zusammen hin, und dann werden Sie alles mit meinen Augen sehen, und dann werden wir endlich das Spinett verladen, das hier schon lange auf seinen neuen Besitzer und Liebhaber wartet.

Es herrscht Offenheit zwischen uns, die mir selbstverständlich vorkommt und es doch nicht ist. Sie schreiben, welche Partei Sie gewählt haben und auch: warum. Ich frage, ob Sie mit Ihren Renten auskommen, und rechne nicht mit einer genauen Antwort. Und was tun Sie? Lore schreibt, daß sie nach schweren Operationen frühinvalidisiert wurde. Nach zwanzigjähriger Tätigkeit als Apothekerin erhielt sie in den siebziger Jahren 351 Mark Ost. Wer in einer Privatapotheke arbeitete, bekam keine Intelligenzrente. Heute sind es 1200 DM. Die Renten werden weiter angehoben werden. Als aus dem Archivar und Bibliothekar ein Emeritus wurde, wie fühlten Sie sich da? Ich kenne hier jemanden, der bei den Feierlichkeiten zu seinem Abschied auf diese Frage antwortete: »Es ist mein bester Beruf, nur die Ausbildung dauert zu lange.« Stimmt die Antwort für Sie? Reicht sie für ein Auflachen?

Wir kennen die Einkünfte unserer besten Freunde nicht, wir wissen oft auch nicht, welche Parteien sie wählen, diese Themen sind hier tabu. Aber in Italien! Ich wünsche Ihnen, daß Sie eines Tages nach Apulien reisen können. Sie dürfen sich nicht zu rasch dem Castel del Monte nähern! Sie werden durch kleine Städte fahren, rechts und links die weißgekalkten Trullies, diese Rundbauten, über denen das Dach spitz zuläuft. Weshalb ich das schreibe? Als wir dort reisten, hatte man mit weißem Kalk auf die dunklen Steindächer geschrieben, daß die Bewohner die Christdemokraten wählen wollten.

Freuen Sie sich! Es wartet soviel Schönes auf Sie, und Sie haben Zeit. Sie sind jünger als wir, auch gesünder.

Alter und Tod sind in diesen Briefen an alte Freunde meine Themen. Ich könnte Ihnen auch von Geburten erzählen, von Tauffesten, von Kinderbesuchen, von einer jungen Professorin aus USA, die lange zu Gast war; alles greift ja ineinander über. Ein Nachbar ist gestorben. Herzinfarkt. Wir haben uns nicht oft gesehen. Was mir lieb ist, Sonne, Wärme, Schwimmen im Meer, das war ihm unangenehm, er fürchtete den Sommer. Stirbt man dann leichter? Und seine Frau? Sie tut alles, worüber ich nur schreibe. Sie geht in Altenheime, liest Blinden vor, spielt dort die Flöte, spielt an hohen Kirchenfesten für die Gemeinde, arbeitet ehrenamtlich in einem Second-hand-Laden. Ich werde ihr keinen Besuch machen. Ich werde nicht auf den Friedhof gehen, kein letztes Geleit. Ich werde schreiben, ihr schreiben, über sie schreiben. Ihr Mann war Religionslehrer, manchmal habe ich mich gefragt, ob er denn wohl ein fröhliches Christentum lehren konnte, wo er mir doch so wenig fröhlich schien. Aber er war klug, er wird Weltreligionen verglichen haben, eher ein Philosoph, geduldig, ein liebevoller Vater und Großvater. Gehörten wir dem gleichen Jahrgang an? Aber was besagt das? Der Tod kümmert sich nicht um Jahrgänge.

Ihrem letzten Brief hatten Sie Fotografien eines Kunstwerks beigelegt. »Die endlose Straße«. Überlebensgroße Gestalten, die unterwegs sind, aber bereits auf einem Friedhof angekommen; man denkt an Rodins »Bürger von Calais«, aber hier ist keine Dramatik, hier ist dumpfe Stille. Das Denkmal steht auf dem Gertraudenfriedhof, an den ich mich erinnere; ich habe in der Nähe gewohnt, während des letzten Kriegsjahres und dem halben Jahr danach. War ich je auf diesem Friedhof? Warum sollte ich? Ich kannte unter den lebenden Hallensern nur wenige, eigentlich nur einen, unter den Toten niemanden. Ich war kriegsdienstverpflichtet in einem Flugzeugwerk, studierte nebenher, hatte wenig Zeit für mich. Aber ich war jung, ich hatte mich verliebt in einen Mann, der nur wenig älter war als ich, für den der Krieg schon im Polenfeldzug zu Ende war, schwerkriegsbeschädigt. Er lag noch im Lazarett. Als ich ihn zum ersten Mal sah, dachte ich: So also sieht der Todesengel aus, blond, hell, schmal und groß. Ich nannte ihn meinen Schutzengel, später dann Gabriel. Liebe in Todesnähe. Über das Kriegsende in Halle habe ich geschrieben, über den Mann, den ich später geheiratet habe, nicht. Nach und nach gebe ich alles preis. Er ist mir in den Westen gefolgt, aber er blieb in seinem Herzen ein Hallenser. Ein Richter hat unsere Ehe getrennt, nicht der Tod. Seine Lebenskraft hat nicht für ein langes Leben gereicht, er ist früh gestorben.

Diese endlose Straße! Es gibt viele Denkmale und Grabmale von diesem Künstler, schreiben Sie, in Stein gehauen, in Bronze gegossen; dieses Denkmal ist aus Beton, der länger hält als Bronze. »Der Tod soll unter den Lebenden weilen«, hat er gesagt, er war schon sehr alt, älter als achtzig Jahre. Eine der vierundzwanzig Figuren stellt den Tod dar, für mich nicht erkennbar, so wird es gemeint sein. »Der Tod stirbt nie«, sagt dieser Bildhauer, »das unterscheidet ihn vom Menschen. Er treibt sich unter ihnen herum.«

Als ich vor zwanzig Jahren »Jauche und Levkojen« schrieb, die Geschichte der Quindts auf Poenichen, die Flucht der Deutschen aus Hinterpommern, da haben viele gedacht, daß ich meine persönlichen Erinnerungen aufgeschrieben hätte. Wenn das so wäre, dann wären die meisten meiner Romanfiguren längst tot. Sie haben nicht wirklich gelebt, und darum sind sie nicht sterblich. Solange noch jemand das Buch aufschlägt, werden sie weiterleben. Vor einigen Jahren haben wir den siebzigsten Geburtstag der Maximiliane gefeiert. Der 8.8.88 eignete sich für ein großes Fest. Wir feierten in einem Burghotel. Es gab Poenicher Wildpastete, man trank den Schnaps zweietagig, es wurden Löns-Lieder, aber auch Choräle gesungen, um Mitternacht ertönten die Jagdsignale eines gewissen Blaskorken, der Inspektor auf Poenichen war und viel Verwirrung gestiftet hat. Es gab Levkojen für die Autorin, und es gab Vorträge von Literaturwissenschaftlern über die Geburtstage von Romanfiguren. Ein Germanist aus Leipzig hielt die Festrede, ein Frührentner, trotzdem gab es Schwierigkeiten bei der Reisegenehmigung. Bei Ihrem nächsten Besuch werde ich Ihnen Bilder zeigen, und vielleicht lese ich Ihnen einige der Reden vor. Maximiliane lebt weiterhin in ihrem Heidekloster, ich werde mich hüten, sie sterben zu lassen. Jeder Roman hat auch märchenhafte Züge, das merken die Leser nicht immer.

Sie fragen nach Kühners Befinden. Zwischendurch gibt es gute oder doch bessere Tage.

Wir waren im Opernhaus zu einer Matinee. Zum Schluß spielte man den »Karneval der Tiere« von Saint-Saëns; ich kannte das Stück nicht, es wurde in kleiner Besetzung gespielt, durchsichtig, immer wieder Solopartien. Für jedes der Tiere eine andere Tempobezeichnung. Esel und Känguruh, Kuckuck und Fossilien. Ich stellte fest: Andantino grazioso, das war mir das angenehmste Tempo. Nicht mehr Presto furioso! Ich habe eine Vorliebe für die zweiten, die langsamen Sätze bei mir wahrgenommen. Wenn wir abends Musik hören, betätige ich oft die Taste, die die Lautstärke dämpft; unser Haus ist zu klein für große Symphonien. Kein Bruckner und kein Mahler, wohl aber Bach und seine Söhne, Pergolesi und Haydn. Ich bevorzuge Stücke, die ich früher als langweilig empfunden habe. Aber: wie in jungen Jahren Gregorianik! Wie verändert man sich auch bei der Musik, das geht manchmal in raschen, weiten Sprüngen und manchmal in kleinen, kaum wahrnehmbaren Schritten vor sich. Man muß es den Komponisten danken, daß sie für alle unsere Lebensalter die gemäße Musik geschrieben haben. Man fängt bei »Peter und der Wolf« an. Womit wird man aufhören? Mit einem Requiem? Ich hätte gern den Text für einen großen Choral geschrieben. Mein Mut hat nicht einmal für den Versuch ausgereicht.

In diese Briefe an alte Freunde dringt vieles, was ich sonst wohl in Aufzeichnungen festgehalten hätte, im »Schwarzen Sofa«, in der »Stunde des Rebhuhns«. Ein Tagebuch für mich selbst habe ich ja nie geführt. Und nun berichte ich Ihnen auch noch das, was uns in den letzten Tagen so sehr erschüttert hat. Morgens las ich eine Todesanzeige in unserer Zeitung, las: ein jäher, unerwarteter Tod. Inzwischen habe ich Einzelheiten erfahren, nicht viel. Ein Arzt, wir kannten ihn nur flüchtig, hat sich vom Dach eines Hochhauses in den Tod gestürzt. Er hat Kinder, hatte Patienten, Mitarbeiter, eine Frau. Bei dem Hochhaus handelte es sich um ein Altersheim, ein Wohnsitz für Wohlhabende. Wo ist ein Sinn zu erkennen? Nichts anderes ist mir bisher eingefallen, als daß er selbst eine zum Tode führende Krankheit gehabt haben könnte. Aber: das Altersheim. Tut das ein Arzt? Er hätte Zugang zu Zyankali gehabt. Wollte er – bewußt oder unbewußt – den sehr alten Menschen zeigen, daß das Leben nicht viel wert ist, daß man es wegwerfen kann? Auch alte Menschen hängen an diesem Lebensrest.

Sie merken, wie mich dieser Vorfall erschüttert.

Wenn ich einen Briefumschlag aufreiße, dann tue ich es oft mit Bangen. Ich wünsche so sehr, daß es denen, die mir nahestehen, wohlergeht. Erst solche guten Nachrichten ermöglichen mir eigenes Wohlbefinden. Und wie oft machen wir, Kühner und ich, unseren Freunden große Sorgen. Sind wir eine Zumutung? Auch für Sie?

In Ihrem letzten Brief las ich mit Vergnügen die Berichte aus dem NSG, inzwischen kenne ich die Abkürzung für Naturschutzgebiet, aber Sie nennen es nicht »Gebiet«, sondern ein Paradies, das Sie nutzen und genießen. Was erfahre ich im Laufe eines Jahres alles über das Verhalten der Vögel! Bei den Störchen trifft der männliche Vogel als erster am alten, gewohnten Nest ein und bringt es in guten Zustand, damit das Weibchen sogleich mit dem Legen der Eier beginnen kann; in Brut und Aufzucht teilt sich das getreue Paar. Kiebitze fliegen durch Ihre Briefe, Kormorane. Und dann die Singschwäne, die lauthals singen, wie Sie behaupten. Die Saatgänse! Ich habe mir Ihre Kenntnisse zu eigen gemacht, noch wissen Sie das gar nicht, einiges konnte ich in dem Roman verwenden, der nun bald erscheinen wird. Ich schickte Fragebögen an Sie, als ich mich entschlossen hatte, Paula, meine junge Heldin, in Halle aufwachsen zu lassen. Was für sorgsame Nachforschungen haben Sie angestellt! Die Mappe »Paula in Halle« füllte sich. Es konnte nicht ausbleiben, daß ich nach einem Vogelbuch griff und den Wendehals suchte. Und was las ich? Dieser Vogel sitzt quer auf dem Ast, nicht längs, wie es üblich ist bei Spechtvögeln, er meißelt die Nisthöhle nicht selber, sondern benutzt die verlassenen Höhlen anderer Spechtvögel, paßt sich in Farbe und Haltung den Ästen an, macht sich nahezu unsichtbar. Sobald Gefahr droht, reckt und dreht er den langen Hals. – Hat ein Vogelkundler den Namen »Wendehals« für jene DDRler gefunden, die so rasch nach der Wende den Kopf von Ost nach West gedreht haben?

Es hat doch eine tiefere Bedeutung, daß Sie sich so oft in Ihr Naturparadies zurückgezogen haben, mit guten Zeiss-Gläsern ausgestattet. Ein Rückzug? Niemand konnte daran Anstoß nehmen. Naturliebe war auch in Ihrem Staat nicht verboten. Die Zugvögel kamen von Süden, flogen nach Norden oder Osten, kehrten nach einem halben Jahr zurück, blieben eine Weile, flogen nach Süden. Sie selbst konnten weder nach Norden noch nach Süden oder Westen reisen. Die Vögel stellten Verbindungen her, brachten Ihnen ein Gefühl von Weite, Ferne, Höhe. Sehe ich das richtig? Für diese kleinen Reisen benutzten Sie den Trabi, aber bald nach der Wende schafften Sie sich einen West-Wagen an, um angenehmer in Ihr Paradies gelangen zu können, aber auch, um die Tochter zu besuchen, die mit ihrem Mann unter Gefahren in den Westen geflohen war. Jetzt gibt es für Ihre Kinder ein Haus und eine Praxis in Süddeutschland, dort genießen Sie für Wochen den westlichen Fortschritt mit Tiefkühltruhe, Mikrowelle, Spülmaschine, das, woran es Ihrer ehemals herrschaftlichen Etage in Halle fehlt, wo weder Bad noch WC, noch Küche heizbar sind, wo die Balkone bepflanzt werden müssen, damit man nicht sieht, wie brüchig sie sind. Das Haus soll nun renoviert werden, aus den Mietwohnungen sollen Eigentumswohnungen werden. Mit zwei Ost-Renten ist das nicht zu finanzieren. Neue Sorgen! Wohin? Weg von Halle? Jetzt noch in den Westen? Wird es Zeit, sich kleiner zu setzen, was Sie vermutlich gern tun würden? Erinnern Sie sich noch an Maximilianes Großmutter in Charlottenburg, die sich »verkleinerte«, als sie alt wurde? Die pommersche Dorfprinzessin stellte sich eine kleiner und kleiner werdende Großmutter vor. Wir haben uns durch die »Poenichen-Romane« kennengelernt, für eine Autorin ist das eine besonders angenehme Bekanntschaft. Habe ich Ihnen von der Goldschmiedin erzählt, die für meine elf ungehaltenen Frauen Schmuckstücke gearbeitet hat? Für Sappho ein goldenes Vögelchen, mit einem Saphir geschmückt, und für Klytämnestra einen Dolch, gut gesichert, ein Vogelkopf als Knauf; ich trage den Dolch an einem schwarzen Hut. Und jetzt schreibt sie, daß sie an einer Pillendose für den alten Quindt arbeitet, auf dem Deckel vier pommersche Gänse, eine pickt, drei zischen. Auch sie ist der Ansicht, daß Quindt keine Pillen gegen sein Rheuma eingenommen hat, aber – meint sie – er trug das Döschen als Handschmeichler in seiner Joppentasche, und so kam es ins Fluchtgepäck, das behauptet sie und greift ins Romangeschehen ein! Ich sollte ihr mitteilen, daß es fünf Gänse sein müssen, dem Namen Quin(d)t gemäß.

Schon wieder bin ich abgeschweift! Ich nehme teil an Ihren Sorgen und überlege, wie ich selbst mich entscheiden würde. Halle hat sich aus beruflichen Gründen für Sie beide als Wohn- und Arbeitsort ergeben, ausgewählt haben Sie sich die Stadt nicht. Es gibt schönere Städte, schönere Landschaften, aber Sie sind dort zu Hause, dort leben Freunde, ist alles vertraut, Theater, Konzertsäle, die Franckeschen Stiftungen. Und Ihr Vogelparadies! Sie müssen viel aufgeben. Es erwartet Sie viel! Es kommt mir vor, als hätten Sie beide noch genügend Lebenskraft für einen Neubeginn. Ich weiß aus eigener Erfahrung, daß Sie leicht neue Freunde gewinnen, und jetzt mache ich Ihnen ein großes Kompliment: Gälte es, diese Wohngemeinschaft älterer Menschen zu verwirklichen, die ich in dem Roman »Die letzte Strophe« entworfen habe, Sie würde ich für geeignet halten, beide. Es fehlt Ihnen nicht an Anpassungsfähigkeit und nicht an Originalität. Eine Apothekerin gibt es noch nicht im Ensemble. Wie wären die Fähigkeiten eines Archivars einzusetzen? Immer sind die Frauen besser zu verwenden! Auch in Ihrem Falle. Jetzt sehe ich die Augen des Jürgen St. hinter den dicken Brillengläsern funkeln. Er hätte rasch eine treffende Antwort parat.

Das Pensum heißt jetzt: Das Mögliche möglich machen. Das heißt es für Sie, das heißt es für Kühner, der Sie grüßt, und für mich.

Sommer 1994 Ihre c. b.

PS: Dieser Brief wurde mit vielen Unterbrechungen geschrieben.

Das Leben, das ich schreibe

Pjotr, alter Taiga-Bauer!
Diese Anrede habe ich mir angewöhnt, als solchen bezeichnen Sie sich, als einen Partisanen, einen Taiga-Bauern. Was ist da Ironie? Was Koketterie? Sind Sie denn überhaupt ein Freund? Besteht zwischen uns nicht eher eine kollegiale Kameraderie? Man weiß Bescheid – so lebt, wer sich aufs Schreiben eingelassen hat. Sie halten es mit der selbsterlebten Wirklichkeit, und da fehlt es Ihnen auch nicht an Stoff; vor allem aber sind Sie ein Kritiker, einer von der Sorte, die von den Autoren geschätzt werden. Sie lesen aufmerksam, finden heraus, was der Verfasser des Buches vorhatte, und dann sind Sie auch noch bereit zu loben, wo es zu loben gilt.

Da haben Sie mir nun im Nachwort zu der »Poenichen-Trilogie« »Kraft, Sicherheit, Disziplin und eine gebändigte Phantasie« zugeschrieben. An anderer Stelle behaupten Sie, daß ich eine Radfahrerin sei. Vermutlich, um glaubwürdig zu machen, daß ich eine Nicht-Autofahrerin bin. Klären wir das doch gleich: Ich war eine Fahr-Schülerin, ein kleines, schmächtiges Mädchen, das in einer bergigen Landschaft auf einer geschotterten Straße sechs Kilometer zwischen Pfarrhaus und Schule zurücklegen mußte; die Qualität meines Fahrrades entsprach der Qualität der Straße, die längst eine Bundesstraße geworden ist, viel befahren, mit einem kaum benutzten Fahrradweg. Bin ich zu früh geboren? Mein Radfahrpensum habe ich erfüllt, denke ich.

Wissen Sie, ich lese gerade das Buch der Benn-Tochter Nele Poul Soerensen, und was lese ich da in einem Brief, den Benn 1953, also wenige Jahre vor seinem Tod, schreibt, als es um den unsportlichen Enkel geht: »Ich finde schon Gehen eine unnatürliche Bewegungsart, Tiere laufen, aber der Mensch soll reiten oder fahren.« Ist er nicht wieder etwas hochmütig, unser großer Dichter? Pathetisch war er ja meist. Unter den letzten Gedichten, »Apèslude« hieß der Band, gibt es viele, die ich auswendig kann, zumindest mehrere Zeilen. »Einsamer nie als im August –«, das wird in jedem Jahr zitiert.

Was schreiben Sie da! Das Buch »Erfahren und erwandert«, das ich mit Kühner gemeinsam herausgegeben habe, sei ein literarisches Biotop, weil wir unsere Erfahrungen weit-gehend zu Fuß gemacht haben, in deutschen und anderen Landen, nördlich, südlich. Ach, Herr Kollege! Sie suchen sich heraus, was Ihnen wichtig ist zur Zeit: die ökologischen Fragen. Sie behaupten, daß dieses Buch ein großes Gespräch über Bäume sei, und da haben Sie ja auch recht. Auch so kann man es lesen. Und auch darin haben Sie recht, wenn Sie sagen: Die Autorin glaubt »an eine menschliche Zukunft, obwohl alle Katastrophen wenig Hoffnung zulassen«. Ich reagiere weder auf zustimmende noch auf ablehnende Kritiken, ich reagiere aber auf Briefe der Leser.

Alter Taiga-Bauer! Wie paßt das denn zusammen: So ein Partisan, der sorbische Wörter in seine Briefe einflicht, und eine femme de lettres, wie Sie mich anzureden belieben. Sie leben längst anderswo, leben in Kasbach. Aber wo liegt das? Am Rhein, behaupten Sie. Ich habe meinen großen Atlas befragt: Es gibt dieses Kasbach überhaupt nicht, trotzdem hat es eine fünfstellige Postleitzahl, und meine Briefe erreichen Sie.

Es ist ein Sommer-Sonntagmorgen, die ersten Rosen

blühen, eben läuten die Glocken, aber sie läuten heute vergeblich, ich will Ihnen diesen Brief schreiben. Und wenn ich nun das alles zusammenzähle, rund um mich Bücher und Bilder, vor mir der Blick in den Garten und in Rufweite der Mann, mit dem ich so lange und so gut und mit soviel Sorgen zusammenlebe ... Manchmal sind die Sorgen nahe an den Katastrophen, da gebe ich Ihnen recht. Der Lebenstrieb ist stark, ist doch wohl stärker als der Vernichtungstrieb des Menschen.

Als Sie dieses Nachwort, das fast schon ein Nachruf ist, schrieben, kannten wir uns noch nicht. Oder haben wir uns bei einer PEN-Tagung gesehen, gesprochen? Mein durchlässiges Gedächtnis gibt nichts her. Wie sehen Sie überhaupt aus? Groß, ein wenig kantig? Das Haar dunkel, kurz, borstig – ach, es wird ergraut sein, vermutlich weiß oder ganz entschwunden? Wir wollen keine Fotografien tauschen! Ich stelle mir diesen Taiga-Bauern vor; natürlich können Sie mir nun antworten, daß Sie blauäugig seien, helles Haar hätten und ein rundlicher Typ –. Wie sieht denn ein Sorbe aus? Habe ich überhaupt schon einen gesehen? Vermutlich ja, wir haben einmal eine Kahnfahrt im Spreewald unternommen, und dort sollen ja noch Sorben leben, der Kahnfahrer allerdings, der kam aus Berlin und benutzte ein »Wa« am Ende des Satzes, wie ein Fragezeichen, und dann nickten wir jedesmal lobend, wenn er armlange Hechte pries, die es in der Spree geben sollte; das war viele Jahre vor der Wende. Tauchen heute die Hechte in den Restaurants auf den Tellern auf? Oder hat man auch dort McDonald's entdeckt? Sie sehen, ich bin nicht immer gutgläubig, ich sehe die Veränderungen in den Ländern, die wir noch immer neue Bundesländer nennen und noch immer vom Westen unterscheiden.

Es kommt mir vor, als wiederhole sich, was es in Westdeutschland nach dem Zweiten Weltkrieg gab: Wir unterlagen den Verlockungen der USA, und die hießen: McDonald's und Coca-Cola. Wir haben die guten amerikanischen Eigenschaften außer acht gelassen, dieses »Can I help you«, das nicht nur eine Floskel ist, es wird gelebt, ich habe das erfahren. Auch den Pioniergeist, der sich behilft, der ein größeres Ziel hat, das nicht nur materiell ist, haben wir nicht übernommen. Viele Amerikaner verzichten auf Zäune, man hat nicht das Gefühl, daß der Kontinent aus Privateigentum besteht. Und was tun wir jetzt in diesen neuen Bundesländern, die ein Stück in den Westen gerutscht sind? Da streitet man um Eigentumsansprüche, vor 45 und nach 45. Hat denn der Mensch Anspruch auf ein Stück Erde, kann er es veräußern zu immer höheren Preisen? Und am Ende! Und am Ende geht es ihm dann wie dem Bauern Peacham, der einen Tag lang gerannt ist, damit diese Werst Land ihm gehören sollen, um die er gerannt ist wie um sein Leben, und das kostet es ihn: sein Leben. Am Ende braucht er nur soviel Land wie für ein Grab. Schon bin ich wieder am Ende unserer Tage angelangt!

Sie haben die Zufahrt zur Garage mit Bäumen bepflanzt, inzwischen seien es haushohe Birken, Pappeln, Weiden, Rubinien und Holunder, schreiben Sie. Es muß sich um eine größere Zufahrt gehandelt haben! Ein Auto brauchen Sie nicht, das tun wir auch nicht. Vicco von Bülow, genannt Loriot, hat sich Ihnen gegenüber, was die Einschränkung des Autoverkehrs anlangt, geäußert und einen vierwöchigen totalen Stau vorgeschlagen, damit die Leute endlich ihre Autos wegwerfen; Sie bezeichnen das als rabiat. Ich habe einen anderen Vorschlag zu machen.

Man gibt jemandem ein spannendes, gut geschriebenes Buch in die Hand, damit zieht er sich auf ein Sofa, in einen Liegestuhl und in einen Strandkorb zurück und liest. Sollte jemand rufen: Kommst du mit, wir machen eine Spritztour, mit dem Auto oder mit dem Motorboot, wird er nicht einmal vom Buch aufblicken, nur abwinken wird er: Er liest! Interessanter, als es in seinem Buch zugeht, kann es anderswo gar nicht sein, allenfalls unbequemer, gefährlicher, kostspieliger, und die Kleidung will er jetzt auch nicht wechseln.

Sie sind so ein Apfelbäumchen-Pflanzer! Hab ich mir's doch gedacht. Ein Grüner! Ich bin unter den Wählern ein Streuner, ich mache Unterschiede, ob es um meine Stadt geht, mein Bundesland, Deutschland, Europa.

Was für ein Sonntagmorgen im Mai! Die Sonne hat die Goldzypresse beiseite geschoben, die sich den Ausmaßen unseres Gärtchens nicht anpaßt, sie hält sich für den Hauptbaum, dem alle anderen sich unterzuordnen haben. Aber nun füllt die Sonne unsere Terrasse mit Helligkeit und Wärme. Die letzte Tasse Tee war getrunken, und da läutete das Telefon. Ich sagte: »Ja, bitte?«, nannte auch meinen Namen. Eine weibliche angenehme Stimme fragte: »Sind Sie die Schriftstellerin?« Ich gab das zu. »Ich wünsche Ihnen einen schönen Sonntag!« Und bevor ich danken konnte und den Wunsch erwidern, war bereits aufgelegt. Nichts weiter. Aber: Es war doch viel, es machte den hellen Tag noch heller. Ich erfahre solche unvermuteten Freuden häufig. »Sie braucht ihr tägliches Lorbeerblatt«, hat Kühner einmal über mich geschrieben. Dieser Sonntagsgruß war ein solches Lorbeerblatt.

Erinnern Sie sich, lieber Pjotr? Vor einigen Jahren wurde das Rebhuhn zum Tier des Jahres ernannt, ausgerechnet, als ich meinen Aufzeichnungen den Titel »Die Stunde des Rebhuhns« gegeben hatte. Jetzt haben wir ein Jahr der Schnecke, mit dem Zusatz Nacktschnecke. Ist Ihr Garten wirklich ein Naturgarten, wo alles wachsen und gedeihen und eingehen und gefressen werden darf? Sie greifen nie ein? Hier stehen schleimige Strünke, wo Blumen stehen sollten. Vor wenigen Abenden, als ich barfuß zu unserer hessisch-römischen Göttin mit Namen Hebe ging, um die Kerze auszublasen, mit der sie das Gärtchen zum Park erweitert, trat ich auf eine ausgewachsene glitschige Schnecke. Ekel und Zorn weckten mein Gedächtnis. Bier! Ein Gefäß mit Bier! Ich füllte einige Plastikbecher, grub sie in die Erde, und am Morgen besah ich mir ungerührt das Ergebnis. Die Schneckenernte war groß, zehn Exemplare pro Becher. Schneckengift kommt mir nicht ins Haus! Vom Wein würde ich ungern etwas abgeben, Bier kann ich leicht entbehren. Sollten Sie ähnliche Gartensorgen haben, liefere ich Ihnen hiermit mein Rezept.

Die Hausamsel singt neuerdings ihr Abendlied von der Fernsehantenne aus; sie ist klug genug, sich nicht auf den Goldregenbaum zu setzen, dessen Schoten giftig sind, was sie zu wissen scheint. Schöner war, als sie auf dem Wipfel der Schwarzwaldtanne im Abendsonnenschein saß und sang. Den Setzling hatten wir von einer Wanderung mitgebracht, und nach zwei Jahrzehnten hatte die Tanne eine bedrohliche Höhe erreicht, schwankte im Sturm und gefährdete das Glasdach eines Nachbarn.

Wie viele Bäume gepflanzt! Wie viele mußten bereits geschlagen werden. Und jetzt fällt mir das Sommerfest ein, das unsere Gemeinde bei Regen und Sturm nicht im Freien, sondern in der Kirche und den Nebenräumen gefeiert hat. Der Baum, der der Mittelpunkt des Festes werden sollte, stand im Regen, also wurde ein Baum aus Pappe und Papier an der Ziegelwand hinter dem Altar mit Stamm und Ästen montiert. Doch, es sah hübsch aus, und wer wollte, konnte auf einen Zettel einen Wunsch schreiben, die ganze Welt, aber auch das eigene Befinden betreffend. Wir klebten die bunten Zettel wie Früchte ins Geäst. Der Pfarrer, selbst Vater kleiner Kinder, erkundigte sich bei den Kindern, was man denn so alles mit einem Baum machen könnte. Ein Junge rief: Klettern! Die Antwort gefiel, bekam Beifall. Aber der zweite rief begeistert: Absägen! Kurzes, betroffenes Schweigen, dann lachten wir alle. Dieser Junge wird mir wohl immer einfallen, wenn wieder ein Baum fallen muß.

Ich bin mit ländlichen Wetterprophezeiungen aufgewachsen, also betrachte ich im Mai aufmerksam die Eichen, dann die Eschen: Wer ist weiter voran? Bei der ersten Eiche stelle ich fest: Sie macht das Rennen, wieder ein verregneter Sommer! Es heißt ausdrücklich: Grünt die Eiche vor der Esche, hält der Sommer große Wäsche; aber dann kommen wir an eine Esche, und siehe da: Sie ist weiter, die Blätter sind größer, oder handelt es sich um eine andere Art von Esche? Es gibt so viele. Grünt die Esche vor der Eiche, hält der Sommer große Bleiche. Wer kennt denn noch »die Bleiche«, allenfalls als Flurnamen. Ich gehe oft an der »Hofbleiche« vorbei, wo die Mägde des Landgrafen am Ufer der Drusel die frischgewaschene Wäsche auf die Wiesen breiteten, die Sonne beschien sie, barfüßige Mägde besprengten sie aus grünen Gießkannen mit Wasser, in meinem Dorf nannte man das »leckern«, so wie ein Faß leck ist; anfeuchten, nicht begießen, und während ich diese Geschichte erzähle, merke ich, daß ich auch in diesem Jahr nicht weiß, ob die Esche oder die Eiche den Sommer bestimmen wird.

Ich versuche, mir nicht zu oft die Frage zu stellen: Ist das wichtig? Ist das alles überhaupt wichtig? Fragt man so, wird vieles fraglich. Kann man überhaupt mit »Nur-Wichtigem« leben? Braucht man nicht den kleinen Alltag? Bin ich denn nicht glücklich, wenn ich abends im Liegestuhl liege, die Schwalben sind unterwegs auf Nahrungssuche, im Pulk schießen sie durch das Stück Himmel, das ich überblicken kann, groß ist es nicht, und dann dauert es noch eine ganze Weile, bis die ersten Sterne aufziehen.

Wenn es dann dreiundzwanzig Uhr wird, legt Kühner noch eine CD-Platte auf, um den Tag mit einer Abendmusik ausklingen zu lassen.

Kurz vor Weihnachten schenkte man mir an einem Autorenabend eine CD-Platte, Bach, für zwei, drei, vier Klaviere. Immer hatten wir CD-Platten weiterverschenkt, es gab das Bandgerät, und es gab die vielen Schallplatten, und auf dem neuesten Stand der Elektronik waren wir ja nie. Am 24. Dezember verschwand Kühner, und eine Stunde später wurde ein kleines Kompaktgerät geliefert. Wir hatten diese eine Platte, hörten sie gern, und dann passierte, was so oft passiert ist: Kühner mußte in die Klinik, Hals über Kopf, und ich verbrachte wochenlang alle Nachmittage bei ihm, und wenn ich dann zurückkam, holte ich mir eine Flasche Rotwein (Trollinger mit Lemberger), ein Butterbrot, sah Nachrichten im Fernsehen und zog mich dann auf mein schwarzes Sofa zurück, legte aber vorher diese CD-Platte auf. Zwei, drei, vier Klaviere, und das Abend für Abend. Bach hielt das aus! Und mir tat es wohl. Was für eine Bewährungsprobe für Musik. Ich schrieb darüber in meinen Morgenbriefen, und dann schickte man mir CD-Platten, wollte uns erfreuen, und inzwischen gibt es eine Bibliothek, aber immer wieder greife ich nach dieser ersten Platte und erinnere mich an jene Winterabende.

Wenn ich von mir schreibe, schreibe ich wie von einer anderen, ich verdoppele mich, sitze neben mir.

Unter Ihren Briefen steht: »Grüßen Sie den letzten Hetman!« Sie meinen Kühner, der einmal Chef einer Kosakenschwadron gewesen ist, ein junger deutscher Leutnant mit einer Reitausbildung. Er ist davongekommen, immer wieder ist er davongekommen. In seinen skurrilen Gedichten spricht er von den Haaresbreiten, zählt sie zusammen, wie oft war er nah am Tod. Es ist jetzt ernst geworden, Pjotr, wir zählen die Haaresbreiten nicht mehr. Ich werde mich bald aufmachen, wie an jedem Nachmittag, um an seinem Bett in der Klinik zu sitzen.

Es sollte ein Sommersonntag-Brief werden. Inzwischen ist viel Zeit vergangen. Ich wollte vom Vorfrühling schreiben, als die Amseln die ersten gelben Krokusse fraßen wie in jedem Jahr, was mich nicht hindert, in jedem Herbst die Zwiebeln der gelben Krokusse in die Erde zu stecken. Die Nachbarn haben mittlerweile 4 – in Worten vier – Katzen, sie fressen die jungen Amseln. Aber: Wer befreit uns von den Katzen, die durch Türen und Fenster kommen, auf unseren Sesseln zu sitzen wünschen? Eine, die dicke, weiße mit den häßlichen schwarzen Flecken, hat sich kürzlich nachts in das Bett begeben, in dem ich bereits lag. Ich habe sie nicht erschlagen! Das Bedürfnis, es zu tun, war vorhanden.

Nehmen wir die Wespen. Immer bin ich im Unrecht. Wenn man sie nicht reizt, stechen sie nicht. Ich wurde bereits mehrmals gestochen, und jedesmal ruft jemand: Sie müssen Wegerich zerreiben und auf den Einstich streichen! Es ist sehr viel leichter, an Wespenstiche zu kommen als an Wegerich. In Ihrer Wildnis am Rhein, in diesem Kasbach, gedeiht natürlich auch Wegerich?

Kennen Sie das Lied »Und ein neuer Frühling folgt dem Winter nach«? Jeder Frühling ist ein neuer, ganz neuer Frühling, jeder ist anders, heute blüht der Flieder auf, morgen schon der Goldregen. Das wilde Geißblatt schickt seinen betäubenden Abendduft bis ins Haus. Darf man Ihnen mit Chorälen kommen? Mit geistlichen Volksliedern? Sie halten es mit den heidnischen Göttern? Die Gretchen-Frage habe ich nie gestellt. Ich frage ja überhaupt wenig, ich warte ab, was man mir erzählen will. Oft ist es viel, manchmal wird es mir auch zuviel, dann ducke ich mich unter all den Schicksalen, von denen ich erfahre. Das ist dann das »Wichtige«, und darum brauche ich diesen kleinen freundlichen Alltag.

Als ich diesen Sommersonntag-Brief anfing, lag Kühner unterm Goldregenbaum im Liegestuhl. Der Baum verhält sich seinem Namen entsprechend, er regnet Gold. Die Nachbarn fegen jeden Morgen den Gartenweg, und ich bin nicht sicher, ob sie sich während der Blüte so an ihm gefreut haben, wie sie sich jetzt über den Blütenregen ärgern. Also: Kühner las in Ihrem Masuren-Buch, und ungefragt sagte er in Abständen: Das ist gut! Das ist gut beobachtet! Gut formuliert! Im Gegensatz zu Ihnen ist er aber kein sorgsamer Leser, er blickt in Bücher, blättert weiter, selten liest er von A bis Z, er entschuldigt sich damit, daß er als Dramaturg 15 Jahre lang Manuskripte lesen und auf ihre Verarbeitung als Hörspiele überprüfen mußte und doch selber Hörspiele, Romane, Gedichte schreiben wollte. Was haben Sie mir neulich mitgeteilt? Fünftausend Bücher hätten die Verleger zur Rezension im Lauf der Jahre geschickt. Gelesen werden Sie sie alle haben, besprochen die meisten, und noch immer keine Ermüdungserscheinungen? Mit heftiger Neigung und ebenso heftiger Abneigung äußern Sie sich zu Neuerscheinungen, und nun schreiben Sie auch noch, daß Sie begierig seien, meinen neuen Roman zu lesen.

Inzwischen habe ich in Ihren engbeschriebenen Briefen gelesen. Jede Zeile ist ausgenutzt, da wird kein Rand gelassen, nirgendwo hat man Platz, den eigenen Gedanken nachzuhängen, Sie verlangen unbedingte Aufmerksamkeit. Sie zitieren einen Satz aus meinem ersten Roman, da sagt dieser Ich-Erzähler, ein Sparkassendirektor, der gleich auf einer der ersten Seiten des Romans meine schöne junge Heldin tödlich überfahren hat, daß es eine seiner unliebenswürdigen Eigenschaften sei, immer ins Grundsätzliche abzuschweifen. Sie fragen, ob das auch meine Eigenschaft sei. Nein! Ich nenne das Gründeln, das überlasse ich den Enten. Die Engländer sagen: flach rudern. Wenn ich nach Erkenntnissen suche, was ja vorkommt, dann blicke ich nach oben, von dort kommt mir mehr. Deutlicher kann ich nicht werden. Es ist meine Eigenheit, einen Gedanken zu streifen, dem Leser Platz für eigenes Weiterdenken zu lassen.

Sie nennen Ihre sorbische Heimat eine »für immer verlorene Geliebte«. Gibt es kein Haus mehr, an das man eine Tafel hängen kann? Hier wurde Peter Jokostra geboren, vor langer Zeit. Sie schreiben von der Evakuierung der Einwohner. Braunkohlenrevier. Handelt es sich um die Gegend um Bautzen? Betonbauten in Plattenbauweise am Rand der ruinierten Stadt.

Masuren wurde dann Ihre Wahlheimat, dorthin haben Sie sich gerettet, gerettet aus dem Berlin der zwanziger Jahre, wo Sie studierten. Während ich das lese, spüre ich, daß ich Sie beneide. Nicht um Masuren, das ich nicht kenne, aber Studienjahre in Berlin! Oft sagt jemand, daß ich in das Berlin der zwanziger Jahre gepaßt hätte, man bewilligt mir sogar eine Villa im Grunewald oder Dahlem und einen literarischen Salon. Aber ich sehe aus wie eine Jüdin! Was für ein Schicksal wäre das geworden! Man muß sich hüten vor Wünschen, vor Lebensneid.

In Mecklenburg wurden Sie ein selbständiger Bauer. Ich habe natürlich »Damals in Mecklenburg« gelesen, dort kenne ich mich besser aus. Meine Kenntnisse stammen von Fritz Reuter: »Ut mine Stromtid«, aus diesem Roman las meine Mutter ihren Kindern vor in gepflegtem Platt, das ich noch immer gern höre, aber nicht sprechen kann. Sie haben einen Besuch in Ihrer alten Heimat nicht riskiert? Sie reisen nicht mehr? Jemand, der lange Jahre seines Lebens in der Provence verbracht hat? Gedichte geschrieben!

Die Sommerwochen verbringen Sie aus Gesundheitsgründen regelmäßig in Bad Orb? Aber Ihre Leser sind nach Mecklenburg gefahren und haben geprüft, was von jenem »Damals in Mecklenburg« noch vorhanden ist. Wo damals Ihr Hof stand, kreisen Fischadler, blickt die Schleiereule aus einem Astloch, sitzt der Neuntöter auf dem Telegrafendraht – so steht es in Ihrem letzten Brief. Sie haben Ihren Lesern einen Schauplatz geliefert. Der Schriftsteller teilt mit und muß dann auch teilen. Hin und wieder schreibt man mir, daß man sich auf die Suche nach Poenichen begeben wird, und bald nach der Wende schrieb ein Reiseleiter, daß er »Reisen nach Poenichen«

organisieren wolle. Poenichen/Peniczyn, das es doch nur in meinen Büchern gibt. Über weite Strecken meines langen Lebens habe ich noch kein Wort geschrieben. Manches muß man für sich behalten, so wird es auch bei Ihnen sein.

Wir hatten vor kurzem Gäste, alle hatten den Limes, diese Altersgrenze, die mehr oder weniger sichtbar zwischen uns verläuft, bereits überschritten. Ein Freund, einige Jahre älter als wir, ein Naturwissenschaftler, beteuerte mehrmals, daß im 20. Jahrhundert von einer Schöpfung der Welt nicht mehr die Rede sein könne und dürfe, ebensowenig wie von Auferstehung der Toten. Ich gebe meine andere Weltsicht nicht jedem preis. Oft lenke ich ein Gespräch dann in eine leichtere Bahn, sage: Seht euch den Jasmin an! Warum blüht er in diesem Jahr nicht, unter den gleichen Bedingungen wie andere Jasminsträucher? Wer hätte ihn dazu bringen können zu blühen? Wer hindert ihn? Dieser Freund ging auf meinen leichten Ton nicht ein. Er sagte, daß er das Krematorium kenne, in dem er verbrannt werden wolle, das alles sei bis in Einzelheiten festgelegt, der Platz für die Urne im Familiengrab vorgesehen, er würde sich so still davonmachen, wie er gekommen sei. Dazu war nichts zu sagen, die anderen sagten auch nichts, aber ich, ich sagte: »Sind Sie still zur Welt gekommen? Nicht laut schreiend?«

Ich hatte sein schönes Konzept gestört, später tat es mir leid.

Wir, Sie und ich, haben die Schwierigkeiten nie kennengelernt, in die man gerät, wenn man von einem Tag auf den anderen den Beruf aufgeben muß. Sie beziehen eine Rente, haben Sie mich wissen lassen, Sie scheuen auch keinen Streit mit Verlegern, aber das alles ist kein

Grund, mit Schreiben aufzuhören. Für mich wäre es eine große Schwierigkeit geworden; eine Rente beziehe ich nicht, verwendbare Liebhabereien gibt es auch nicht. Ich bin keine tüchtige Gärtnerin, das liegt auch an der instabilen Wirbelsäule, trotzdem liebe ich diesen kleinen Garten, meine Zuneigung und mein Lob müssen ihm genügen. Ich fotografiere nicht mehr, ich nähe mir keine Kleider mehr, stelle keine Handarbeiten her, spiele nicht einmal Bridge und bin auch sicher, es nicht lernen zu können. Daß ich oft unterwegs sein möchte, Busreisen zu Ausstellungen, das ist nicht sehr wahrscheinlich. Früher, als ich sehr jung war, sagte ich: Später werde ich Laub harken auf den Friedhöfen. Sie machen Ordnung in den Akten, den Briefen und Widmungsexemplaren, alles, was sich in vielen Jahrzehnten angesammelt hat, damit dann alles in ein berühmtes Archiv gelangt. Es bleibt bei Geschriebenem. Ionesco: »Ich bin in einem Alter, in dem man in jedem Jahr um zehn Jahre altert, da eine Stunde nur wenige Minuten dauert.« Nein, so ist es nicht bei mir! Ich bin von mir abgelenkt, vielleicht ist das gut so. Ich kenne kaum Altersprobleme, mein Körper paßt sich den zusätzlichen Belastungen an. Das Altern und Leiden des geliebten Du zu sehen ist schmerzlich, bleibt es, auch wenn ich mir sage, wir sind jetzt an der Reihe mit Altwerden, wir dürfen uns nicht nach den rüstigen Endachtzigern richten, das sind die Ausnahmen. Wir müssen jetzt an unsere Vorräte gehen. Erinnerung ist die Speise der Alten.

Aber: Als Autorin bin ich ja erst vierzig Jahre! Mein Verlag errechnete dieses Lebensalter und schickte Blumen, und ich sitze hier und erinnere mich an die Verkündigung: »Sie haben den ersten Preis in einem Romanwettbewerb gewonnen!« Was für ein Einschnitt in mein Leben! Seither schreibe ich mich durchs Leben, mal leichter, mal schwerer, im ganzen aber doch vom Glück begünstigt, vor allem von der Zuneigung und der Treue der Leser, die ich einmal leichtfertig als meine Altersversicherung bezeichnet habe. Daran halte ich mich nun, schreibe weiter, schreibe mich so langsam aus dem Leben hinaus.

Es wird ein Ende haben, das ist kein Schrecken, das ist vor allem ein Trost, und nun fällt mir ein Lied ein, ein Schlager, ich bin sicher, daß Sie ihn kennen: »Einmal muß es vorbei sein«. Ich sehe Hans Albers mit dem zugehörigen Schifferklavier, ein Mann, der das Leben kennt, liebt und verachtet, sein Pathos muß eine verwandte Saite in mir getroffen haben, aber diese Saite ist längst gerissen. Lachen Sie mich aus, Pjotr, alter Partisan! Machen wir noch eine Weile mit. Es ist nun doch kein Sonntag-Brief im Mai geworden.

September 1994 Ihre c. b.

Christine Brückner

Ehe die Spuren verwehen
Ullstein Buch 22436

Ein Frühling im Tessin
Ullstein Buch 22557

Die Zeit danach
Ullstein Buch 40073

Letztes Jahr auf Ischia
Ullstein Buch 23561

Der Kokon
(Die Zeit der Leoniden)
Ullstein Buch 22887

Wie Sommer und Winter
Ullstein Buch 22857

Das glückliche Buch
der a. p.
Ullstein Buch 22835

Die Mädchen aus
meiner Klasse
Ullstein Buch 22569

Überlebensgeschichten
Ullstein Buch 22463

Jauche und Levkojen
Ullstein Buch 20077

Nirgendwo ist Poenichen
Ullstein Buch 20181

Das eine sein,
das andere lieben
Ullstein Buch 20379

Mein schwarzes Sofa
Ullstein Buch 20500

Lachen, um nicht
zu weinen
Ullstein Buch 20563

Die Quints
Ullstein Buch 20951

Hat der Mensch Wurzeln?
Ullstein Buch 20979

Kleine Spiele für
große Leute
Ullstein Buch 22334

Alexander der Kleine
Ullstein Buch 22406

Die letzte Strophe
Ullstein Buch 22635

Was ist schon ein Jahr
Ullstein Buch 23258

Die Stunde des Rebhuhns
Ullstein Buch 23102

Ullstein